FLORET
READING

小花阅读

我们只写有爱的故事

青春阅读　幸得相见

过云雨 | 小花阅读签约作家

中文专业毕业，双鱼座。
喜欢看有能量传递的书籍和影视，也希望自己是一个能传递正能量的人。
一直以"梦想总是要有的，万一实现了呢"来激励自己。

个人作品：《寥若晨星》

LIAORUOCHENXING

寥若
晨星

过云雨
著

花山文艺出版社

小 花 阅 读
【春风十里】系列

FLORET
READING

《寥若晨星》
过云雨 著

标签：邂逅与重逢 | 当温柔多金遇上爱情洁癖 | 遥不可及的两心相悦

内容简介：

日本金阁寺下一场美丽邂逅，爱的种子悄悄发芽。

他，是摄影界新贵，是家族企业继承者，但却背负着婚姻不许自由的枷锁；

她，是巧手女画师，是爱情精神洁癖者，可偏偏控制不住奔向他的心。

他和她，一见钟情，许多磨难。

当黑色阴谋强势插手，当家族企业因为他的心动摇摇欲坠，矢志不渝的爱恋是否还能像樱花一样绚烂？

《深爱如长风》
打伞的蘑菇 著

标签：掩埋的爱与真相｜深情警探与不祥少女｜被遗忘的一见钟情

内容简介：

乔粟觉得自己是不祥之人，跟她扯上关系的人都没有好下场。

洑水巷恶意杀人事件，冰美人连环杀人案……幕后黑手不断在她身边制造凶杀案。

当挚友因她而死后，坚强如乔粟也陷入了绝望。这时，奔赴千山万水去救她的人正是季南舟！

她爱上了季南舟，誓要将凶手绳之以法，却不知凶手与他们息息相关。

再也不愿放过他们！

《此去共浮生》
晏生 著

标签：十几岁的恨与喜欢｜沉默少年 VS 跳脱少女｜这个男生很长情

内容简介：

十几岁的年纪，会那样喜欢一个人，又那样恨一个人吗？

顾屿不知道，他只知道作为私生子，他尝尽了世间的人情冷暖，米沉是第一个走进他的世界的人，情之所起，此生便不能再忘。

黎岸舟不知道，他是恨米沉的，一夜之间家破人亡，这都是米沉父亲的杰作，可是手握米父受贿证据的他，却害怕这个他从小喜欢的女孩和他一样没有了家。

可最终他仍将这个用骄傲守护的女孩推入了深渊……

当青春落尽，那些被压抑、被伤害的昨天，是否会让他们遗失了彼此？

《幸而春信至》
狸子小姐　著

标签： 婚后甜宠｜软萌慢热小白兔 VS 高智商狐狸美男｜日久生情

内容简介：

大学追了四年，出国留学念念不忘又四年，谭梓陌觉得自己可能一辈子都要栽在阮季手上了。

可一夜醉酒醒来，却看到阮季睡在身边，还答应了他的求婚。果然，当查出怀孕是个大大乌龙时，这个慢热的小白兔还是提出了离婚。

可是小白兔阮季又怎能逃离得了狐狸谭梓陌的手心呢？

这一次的谭梓陌变得更加狡猾，眼里写满了算计，欲擒故纵，温柔情话⋯⋯

《但使洲颜改》
鹿拾尔　著

标签： 死而复生的谎言｜当追凶少女遇见绯闻凶手｜为你怼翻全世界

内容简介：

大学教授的遗体在月色中变成了年轻的神秘男子！

目睹一切的颜小弯比任何人都震惊，因为此人正是五年前特大爆炸案的嫌疑人，让她家破人亡的罪魁祸首——覃洲木。

她深入调查案件，却没想到覃洲木竟然出现在她面前，告诉她神秘男子是他的孪生弟弟！

黑暗浪潮袭来，他们一次次徘徊在生死边缘，无法自拔地爱上了彼此。

直到最后才发现真凶另有其人⋯⋯

作者前言
少女情怀总是诗

在码完最后一个字后,我双手一摊,往后一靠,长舒一口气,终于码完了。

我从来没有想过可以把这本书写完,直到现在写完了我还觉得不可思议。可是,这是真的,我在小花阅读,完成了我人生中第一部长篇。

能遇见小花阅读,真好。

大概从初中时候起,我开始接触各种青春文学,现在有名气的书我都看过。因为害怕爸妈说我不务正业,做过很多人都做过的事情,有时候半夜蒙在被子里借着手电筒昏暗的灯光夜读。当然,我知道这是不对的。可是,这些阅读是一张温床,让我滋生了一个想法:如果我也能写就好了。

我也想把我心中那些或悲伤或甜蜜或梦幻的故事写出来,分享给大家。

这是我在十几岁就开始有的想法,到了二十几岁的时候,很幸运,我遇见了苏总,她给了我这个机会,实现了这个梦想。

真正开始写的时候,才发现写出心中所想不是那么容易的事。在我卡文的时候,我会转头看看我身边的晚乔妹子在做什么,有时候她思如泉涌、奋笔疾书,有时候和我一样抓耳挠腮、无从下笔。我会逗逗她,和她说说话,然后重新回到电脑屏幕前冥思苦想。

我有一次非常严重的卡文，转头看见晚乔正在以一种奇怪的神情面对着电脑屏幕码字，双手还时不时地捂脸。我问她，你在干什么呀？她急促地回答，千万别来打扰我，我在写男女主的吻戏，写得我头皮都发麻了。我听了不禁莞尔。

　　在小花阅读，有人和你一起努力，大家都在努力，你就不会那么舍得放弃了。

　　这是一个极其富有少女心的故事，男女主的相遇是我一直都希望发生在自己身上的事，我手写我心，我的灵感一直来源于我的情感。

　　我把我的故事给我朋友看。

　　她问，这些你都经历过吗？你怎么想出来的？

　　可能书中发生的情节未曾在我身上发生过，但是确实寄予了我某些情怀。少女情怀总是诗，我希望借由此书细心保存好我如诗般的少女情怀，我十几岁拥有，二十几岁也拥有，希望在我三十几岁时它一直还在我身上。

　　我在家里码下这些结束之后的话语，此时已经是夕阳西下、日暮黄昏之际，我转头看了看窗外的景色，首先映入眼帘的是一座低矮的小山包，上面青草丛生，在风中摇曳。然后还有一处小池塘，平静的池面因风而皱面。

　　青山多变化，水中多妩媚，万水千山总是情，但求有山水共做证。

　　如果你也像我一样，一直有一个想写的故事，那么不要犹豫，把它写下来吧。

过云雨

目 录

第一章 / 孤独的"一只猪"先生　　　　　　/001

第二章 / 篮球、前锋和她心中的 11 号　　　/012

第三章 / 有的人仅一面，便足以心动　　　　/026

第四章 / 好久不见，不如不见　　　　　　　/040

第五章 / 她不卖，他却非买不可　　　　　　/053

第六章 / 从云端落下的美人　　　　　　　　/065

第七章 / 你有没有偶尔想起我？　　　　　　/078

第八章 / 最美不是下雨天　　　　　　　　　/092

第九章 / 情不知所起，一往而深　　　　　　/104

第十章 / 仙度瑞拉的时间魔法　　　　　　　/118

第十一章 / 乞力马扎罗山的雪　　　　　　　/130

第十二章 / 我不会让你成为众矢之的　　　　/140

目 录

第十三章 / 在她心里，他就像一个战士　　　/152

第十四章 / 他与她的第一个拥抱　　　/164

第十五章 / 唐大小姐和她家的小韩爷　　　/177

第十六章 / 十二点前遗失的愿望　　　/189

第十七章 / 小城小爱，刚刚好　　　/202

第十八章 / 如同谎言的真相　　　/217

第十九章 / 我却舍不得推开你了　　　/229

第二十章 / 最漫长的黑夜　　　/240

第二十一章 / 很喜欢你，仅此而已　　　/250

尾声 / 此生最美的风景　　　/263

番外一 / 招英　　　/269

番外二 /11 号篮球少年　　　/276

第一章

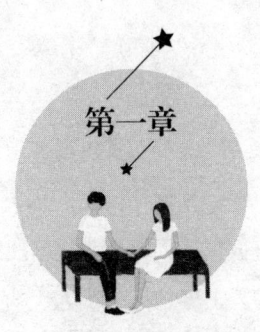

孤独的"一只猪"先生

《聪明的一休》里时常出现一个不知道搭错了哪一根筋的将军,他总喜欢和一个几岁的小和尚比拼智力,结果每次都是自取其辱。而一休经常被请去的那栋别墅,就是位于京都的金阁寺。

"晨晨啊,你去日本什么时候回来啊?"
"不知道,不会太久的,我来日本散散心,顺道想想那件事。"
"那你现在在哪里啊?"
"我在京都,现在正参观金阁寺。"
"希望你不要在异国逗留太久,不要忘了这边还有人在望眼欲穿地等着你回来,等你的答复呢。"

"我知道，招英，国际长途太贵，我先挂了啊。"

文晨做梦也没有想到她会被宋民佑表白。

宋民佑表白的那天晚上，他刚去外面拍完一套片。他没有直接回家，而是有心绕了段路去"小溪"。

"小溪"是文晨开的一家艺术工作室，宋民佑也是投资者之一。此刻"小溪"还亮着灯，文晨正在做离开前最后的检查与收拾。宋民佑就带着相机站在门口，看着背对着他清点东西的文晨，他偷偷地按下了相机的快门。

文晨听到动静，转过身看见是他，对着他笑了笑。

"你今天怎么还没关店？"宋民佑放下相机问道。

"今天有一位顾客要给自家搞装修，买了很多画和艺术工艺品。我要清点一下，明天通知原作者，还要把钱结算给他们。"

"你可真是用心啊！"

文晨撑着一直弯着腰的身体，双手揉了揉腰，笑着说："那可不，人家信任你才会把作品拿给你，你也不能辜负对方的信任啊，这样才能有长久的合作。"

"那我送你回去吧。"

"不用啊，家里离得很近，走几步就到了。"

"那作为合伙人，你那么费心尽力地替我赚钱，工作到这么晚，我不能什么都不表示吧。"宋民佑说得一本正经,让文晨一时之间不知如何拒绝。

兴许是宋民佑怕文晨继续拒绝他,就又补充道:"这么晚了,你一个人回去不安全。"

回去的路并不长,但是一到晚上就很难在这条路上看到人影。昏黄的灯光与树叶交错,大片大片的阴影投射进文晨和宋民佑的眼睛里。

两人并排走在这条小道上,脚步踩在落叶上沙沙作响。文晨很是高兴地跟宋民佑讲今天怎么与那位老太太有缘,老太太进店后第一眼就看到了她画的一幅画,然后老太太还买了很多其他的东西。

"你呢,你今天的拍片怎么样?"

"还行吧,不过因为女主人公的一点儿小问题,明天可能还要去拍一天。"

两个人说着说着就走到了文晨家楼下,宋民佑抬头看了看对应她家的那扇窗户,并没有光亮从窗户中透出来。

"看来,招英还没有回来。"

"她最近回家有点儿晚,我总是担心她会遇到危险,今天谢谢你送我回来,我上去了啊。"

文晨往前走了几步,随即又转过身朝宋民佑挥挥手,才走进楼道。

她才走进家里打开灯,电话便响了。她发现来电人是宋民佑,起初还以为自己落了什么东西在楼下，便接听了电话。

电话那边宋民佑的声音似乎跟往常不太一样，她听到宋民佑说："文晨，我喜欢你。"然后她的脑袋就炸了，后面宋民佑说什么她一个字都没有听进去。

挂掉电话后，她走到窗户旁边，拉开窗帘看见宋民佑还站在原地。他应该是看见她了，他朝她笑了笑，挥了挥手，然后才转身离开。

在电台工作，听过数不胜数凄惨的、唯美的、感人的、狗血的爱情故事，自诩爱情专家的招英在知道文晨被宋民佑告白以后，宽慰她："该来的爱情总是会来的。"

"可是，我很纠结，甚至这已经困扰到我了，我现在看到他就心虚啊。"

"晨晨啊，你会不会是单身久了，已经不适应身边有个男人了？"

"我觉得很有可能哎。"

"还有一种可能，你不会是默默爱上我了吧？"招英的语气变得很夸张。

文晨朝她翻了一个大白眼，露出一副"有病"的表情让她自己去体会。

招英一下又变得很正经，她蹭到文晨身边，靠着文晨，把脑袋也歪到文晨的肩膀上，在文晨的耳边说："晨晨，我现在是说真的，会喜欢上的总会喜欢上，该来的爱情总会来。"

文晨觉得气氛变得有些凝重，她听出了招英话语中隐藏的失落，可是她又不知该怎么开口。

她就像逃难似的去了日本，去日本之前她告诉宋民佑，从日本回来就给他回复。宋民佑应声说好，说会给她时间慢慢想。

金阁寺是世界著名的旅游景点，在寺内，三种肤色的人随处可见，还能听到各种各样的语言。加上又有学校组织活动，能看到很多穿着校服的日本小学生。

金阁寺只有一条路，前面有五六个人并排走在一起，文晨跟着人群一路走走停停。忽然感觉到有人在身后扯她的衣服，她转身回头看，是一个穿着校服、戴着黄色草帽的日本小学生。小女孩儿手里拿着一个小东西，用日语跟文晨说着些什么。

可是文晨听不懂日语，她一脸茫然地看着那个试图与她交流的小女孩儿，不知该如何是好。

"她说她很喜欢你，想把手里的御守符送给你。"

终于有人用中文告诉她了。文晨看向身边说话的那个人，眉眼很好看，鼻梁很挺，细白的脖子上挂了一台高档的单反。文晨觉得这个人有点儿像一位韩国男演员，但是又一时想不起来是谁。

"御守符？"

"就是平安符，在日本随处都能见到。金阁寺的门票也是一张御守符。"

　　文晨有点儿受宠若惊，她没想到在日本会有陌生的小朋友特意送她礼物。她隐约觉得这个不起眼的小东西不能随便拿走，但她又不太懂日本人的礼仪，一时之间竟愣愣地站在那里，没有去接也没有拒绝。而才到她膝盖高的小朋友还在跟她说些什么。

　　"她说，她很谢谢你帮助她的妹妹，所以想把这个送给你。"

　　文晨想起在十分钟之前扶起了一位因为人潮涌动而摔倒的小女孩儿，当时她用一根棒棒糖止住了小女孩儿的哭泣。现在再看看面前的这个小女孩儿，两人果然长得有点儿像。她接过小女孩儿手中的御守符，弯下身抱了抱小女孩儿，说出了她仅会的一句日语：

　　"谢谢。"

　　小女孩儿笑着对她挥挥手，很快就跑到前面去了。

　　参观金阁寺，是不能走回头路的。

　　小女孩儿走后，就只剩下了文晨和那个帮助她的路人。

　　"谢谢你，对了，你怎么知道我是中国人？"

　　"之前无意中听到你打电话，在说中文。"

　　文晨暗自庆幸，还好自己没跟招英说些什么乱七八糟的话。

　　男人提议："不要停在这里了，一起往前面走吧。"

　　就这样文晨和那个帮助她的男人结伴同行，走到一个空坝子处，两个人停下来找了一个没人的地方站着。

男人说:"这个地方据说是观赏金阁寺最好的位置。"他这句话像是对自己说又像是对文晨说,因为他说完就举起手中的单反,专注地拍下一张张美丽的照片。

金阁寺倒映在波光粼粼的湖面上,镶有金箔的阁顶也在闪闪发光,文晨也不能免俗地举起自己的手机拍下眼前的美景。

"不被人理解已经成为我唯一的自豪。所以,我也不会产生要让自己被理解、表现的冲动。我觉得命运没有赋予我任何能醒人耳目的东西。于是我的孤独感越发膨胀,简直就像一只猪。"男人在拍摄完毕后,缓慢地吐出这样一段话。文晨惊讶地望着他。

"这是三岛由纪夫在他的小说《金阁寺》中所写的很著名的一段话。"男人解释道。

文晨的眼神继而由惊讶变成了钦佩,男人反而被文晨盯得有点儿不好意思,他拨了一下额前的头发,解释道:"不要用钦佩的眼神看着我,我也只是来金阁寺之前背下了这段话。"

这么诚实的解释,反而把文晨逗笑了。

"不管怎么说,你还是很厉害的,至少能背下来。"

"是吗?对了,我叫韩季星,你呢?"

文晨这才发觉,两个人聊了那么久,连对方的名字都不知道。

"文晨,文章的文,早晨的晨。"

金阁寺其实并不大，人不多的时候半个小时就能参观完；像文晨这样遇到游客很多的时候，一路走走停停，一个小时也游览得差不多了。因为有人做伴，她也不至于像韩季星说的那样，太过于孤单，让孤独膨胀成一只猪。

　　"你为什么要来金阁寺？"韩季星冷不丁地问文晨。

　　文晨并没有回答，只是径直走到供案前，摇了一下白色的粗麻绳，铜锣或是铃铛丁零零地响，她手里夹着一枚中间有方孔的硬币，低头许愿。然后把硬币丢入身前的供案内，用力地拍了两下手。整套参拜仪式就完成了。

　　韩季星跟着文晨一起参拜神明，在闭眼祈祷时，他偷偷地睁开眼睛，微微侧头看向在他右侧正在祈祷的文晨。她的神色虔诚而又坚定，以至于让他为自己不认真地参拜而有点儿心虚。

　　片刻后，文晨缓缓睁开眼睛道："本来想去东京，但是听说京都是一个让人心静的地方，我想来看看闻名于世的金阁寺。"

　　"京都跟东京比起来，确实很宁静。我去过很多次东京，这是第一次来京都，觉得这个地方太安静了，更适合老年人来这里生活。"

　　文晨只是笑笑，既没有认可韩季星说的话也没有反驳。她把目光投向远方，看到不远处有一群年轻女孩儿笑靥如花，变换着不同的动作一起拍照留影。她心想，如果把写生板带过来就好了。

这时，旁边的男人举起了单反相机，镜头对着的和文晨所看的是一个方向。文晨看到韩季星拿着相机拍照，她就想到了宋民佑，一想到宋民佑，她就心生烦恼。

"我来金阁寺，是来想通一些东西，想看看寺庙里的神明能不能给我一点点提示或者灵感。"韩季星开口说道。

"我在参拜的时候，也在试图考虑清楚一件事。"

"那你考虑清楚没有？"

"差不多了吧。我虽然没有信仰，但是在寺庙里总觉得自己的神灵会清明一些，也容易想通一些事情。你呢？"

韩季星打趣说："可能是我的心还不够虔诚吧，神明神通广大，被他看出来了，所以我还没有想清楚。"

"人生中的每个决定都很重要，不会那么容易就想清楚的。"文晨指了指前方的商店，开口说，"我想去那边的商店买一些纪念品带回去给朋友，你要不要一起？"

虽然嘴巴上提议一起，可是文晨未等他的回答，就已经走了。韩季星想了几秒钟也跟了上去。

就像中国大多的旅游景点一样，金阁寺内也有出售纪念品的商店。商店里人很多，也很嘈杂，大多都是外国人。

文晨思考着招英的品味，想在琳琅满目的工艺品中挑一个她可能喜欢的。但是电台主持人的品味,实在难以捉摸,她反反复复地对比了半天,最终决定把看中的两个都买下来,顺道也给宋民佑挑选了一个。

韩季星倒是对这些现代工艺品兴趣寥寥,随意地看了看,翻了翻,没有什么购买欲望。文晨拨开几个人,走到他的身边,说:"随便挑一个吧,既然来了,总要买点什么带回去吧。"

"这些东西日本到处都有。"

"不是到处都有,只是比较相似而已,既然来了金阁寺,就从众多相似品中买一个比较有金阁寺特点的吧。你自己好好挑选,我先去排队付账了。"

其实文晨只是随口一说,没想到男人真的就听她的话挑了一个。他挑好东西的时候,文晨正好付账,她顺手就把男人手中的纪念品接过去,一并付了钱。

韩季星想把钱给她,文晨拒绝了。

"就当是我送你的礼物吧,谢谢你免费当我的翻译。"

他还是想把钱给她,她却坚决不要,他只好收下了礼物。"你要去岚山看看吗?我可以继续给你当翻译。"

"谢谢你,不过岚山我已经去过了。"

"那真可惜。"

"好心的翻译,就此别过了,我会去看看你说的三岛由纪夫写的《金阁寺》的。"

"那你还要去哪儿？"

"我应该会回国了吧，毕竟困扰我的东西都已经想清楚了。"

说罢，两个人一起走出景点大门，然后挥手道别，分别走了两条不同的路。

第二章

篮球、前锋和她心中的 11 号

文晨并没有真的就回国了,虽然她本来是这么打算的。

让文晨推迟回国的起因经过是这样子的。

那天,她回到酒店,在洗完澡后,躺在酒店狭小的床上,再一次发出感叹,日本的酒店的房间真是又贵又小,与国内的对比,国内真是太美好了。

她打开电视,电视里的人叽叽咕咕说着她一个字也听不懂的日语,她开始不停地换台,试图找到一个自己感兴趣的节目。就在她连续换了 25 个台,打算放弃的时候,她在第 26 个台停了下来。那是一个音乐频道,里面正在放的那首歌她非常熟悉,曾经还是她的手机铃声,那首歌的名字叫《直到世界终结》——《灌篮高手》的片尾曲之一。听着那首歌,她突然就想去镰仓,去那个著名的铁路车站看看。

然后文晨改签了机票,看了看时间,确定招英没有在上班后,拨了个电话给她,电话很快就接通了。

"喂,晨晨啊。"

"嗯,是我。"

"你什么时候回国啊?我去接你吧。"

"我就是想跟你说,我把机票改签了,可能还要过几天再回去。"

招英在电话那边听到文晨机票改签的通知,有一点点失落。而文晨听到招英在电话那边似乎跟谁说了两句。

"你刚刚在跟谁说话?"文晨询问道。

"宋民佑啊,我告诉他你推迟回来了,他看起来有些失落。"

"你们怎么在一块儿?"

"工作室的灯烧坏了,好不容易才等到他有空,抽出时间来帮我们换灯泡呢。"

文晨和招英继续聊了几句关于工作室最近的情况,招英告诉她除了灯突然烧坏外其余一切都很正常。两个人还表达了一下对彼此的想念,只不过招英似乎比较不满文晨让她一人独守空闺那么久。

镰仓高校前站并没有金阁寺那样出名,它只是一个小小的铁路车站而已，和日本其他的铁路站并没有什么区别。但井上雄彦把它画进了《灌篮高手》后，随着这部漫画红遍全球，镰仓高校前站就有了特别的意义。

文晨站在镰仓高校前站前，看到有许多人和她一样在这里参观浏览。很多人站在车站前面拍照，更有甚者拿着篮球以及《灌篮高手》的海报，附近学校的学生对此已经是见怪不怪了。

在文晨的大学时代，她喜欢过一个打篮球的少年。少年是美院篮球队的前锋，跟流川枫一样穿11号球衣，却像樱木花道一样把头发剪得很短。

那个时候，文晨是美院的啦啦队员，学校的运动会、篮球比赛之类的活动，她总要参加表演，就这样她遇见了那个穿11号球衣的少年。少年打球很厉害，是美院小有名气的篮球明星，得到很多女生的青睐。文晨只是他众多仰慕者中的一个，并且更加羞怯、更加不起眼。

文晨因为少年，才会去看《灌篮高手》，她看到自己心中的那个少年跟流川枫打同一个位置，穿同一号球衣。她就这么喜欢上了流川枫，在她心中，流川枫就是那个少年，少年就是流川枫。

她画了很多素描，开始的时候是画流川枫，可是画着画着就变成了另一个模样。她细细描绘线条，把每一张画好的画都妥善保管好，小心珍藏。

不知道是缘分还是天意,在一次美院的聚会上,文晨与少年相识。当时,美院在校篮球比赛中得了第二名,这是前所未有的好成绩。

聚会上,大家都很开心,而少年作为最大的功臣,那晚更是受到众人的追捧。队长要求他给在场的每一个人都敬酒,少年也毫不羞涩忸怩,给一大桌子人挨个儿敬酒,嘴里说谢谢大家的支持与鼓励,美院虽然决赛输给了体院,但是输得光荣,输得一点儿都不丢脸。文晨因为处于生理期,是饭桌上唯一一个用橙汁代替啤酒的人。大家伙都不乐意了,那么多女生都喝为什么你不喝,她支支吾吾地说今天身体不舒服。少年很快就懂了,替她解围道:"橙汁就橙汁吧,不就是一份心意嘛。"文晨一言不发地望着他,眼神里充满了感激。

后来,一次意外又让两人相遇,少年在跑步的时候撞上了带着画板准备去写生的文晨。画板从她手中掉落,画板里的画就这么散落出来被风吹得四散飞舞,少年蹲下来替她一张一张地捡起,就这样看到了她在很多个日思夜想里画的画,画里的人看起来像流川枫,却又不像流川枫。

少年拾起画问:"这……这是流川枫吗?"

那一瞬间,文晨只想尽快逃走,那掩埋已久的秘密被人无意间发现,这让她尴尬得无地自容。她点了点头,轻声回应道:"是。"声音小得连她自己都差点听不清楚。

少年看见她神情窘迫,也咳嗽了两声,试图说点儿什么去缓解文晨的尴尬。他说:"我也很喜欢看《灌篮高手》,也喜欢流川枫,我的球衣号跟流川枫是一样的。"

他不说还好,这样一说,文晨更窘迫了,因为她知道他看出来画里的人除了像流川枫,还像他自己。

后来,两个人顺理成章地就在一起了。两个人一起看《灌篮高手》,一起画画,一起去旅行,一起做过很多美好的事情。

再后来,他们和很多大学生情侣一样,毕业分手了。

分手是文晨提出来的,在白鸽公园内,她看着无数的白鸽肆意地旋转飞舞,然后她说:"我们分手吧。"少年没有问为什么,只是说好。其实两个人心里都知道为什么,现实的种种不再像象牙塔里那么美好。

文晨看见少年的眸子渐渐加深,就像一颗琥珀,包裹着无数的情绪。

她想,再见了,我的流川枫。

文晨在人来人往的参观者中看到了上次在金阁寺中偶遇的那个男人。他还像上次那样脖子上挂着一台大单反相机,这次还背了一个黑色的双肩包。他站在那里拍海与天的风景,身形修长,海风吹乱了他的头发,显得遗世而独立。这样子的人,总是更容易引人注目。

或许是他察觉到了有人注视着他,他把单反放下,微微转头,就看到了离他不远的文晨。他看到文晨后，微微一愣，似是没反应过来，随后朝着文晨兀自笑了起来。

海面卷起一层又一层的海浪，迎面而来的海风中夹杂着海水的咸涩，海浪拍打石壁的声音在耳边回响，那个人背对着阳光朝文晨挥手。阳光刺眼，她眯着眼睛看着对面的男人，终于想起来他长得像哪位韩国男演员了。

文晨觉得，他长得很像玄彬。

韩季星说："真有缘。"

"是啊，真是缘分。"文晨眼睛亮亮的。

"你不是说你要回国了吗？"

"计划变更，突然想来这里看看。"

"没想到，你一个女孩子也喜欢《灌篮高手》。"

"是啊，大学时代有很多美好的回忆都和《灌篮高手》有关，我还画了很多《灌篮高手》的画，有素描、水彩，所以才想着既然来了日本就一定要来这里看看。其实来了以后才发现真的只是一个很普通的车站而已。"

赤木晴子在那一头对着樱木花道挥手打招呼的心悸，果然只存在于少女时代吧。文晨心想，真正美好的不是风景，而是打招呼的那个人和心中的回忆。

"我读书的时候喜欢打篮球就是因为特别喜欢《灌篮高手》，

感觉那个时候很多打篮球的男生都或多或少受到《灌篮高手》的影响。你最喜欢里面的哪个人物啊？"

"流川枫。"

韩季星听了答案后，笑了笑，答案在他的意料之中。

"果然是流川枫啊，感觉看《灌篮高手》的女孩子大多都喜欢流川枫，颜值即是王道啊。"

"不仅因为他很帅，还因为他篮球打得好而且还很努力，我喜欢有天赋又努力的人。"

"你知道吗？我在大学时代也加入过校篮球队，打前锋，学校给我的球服号也是11号。可是我其实对流川枫一直无感，我更喜欢战斗力很渣的三井寿，还喜欢他跪下来跟安西教练说的那句'教练我想打篮球'。当初我就是这么跟我教练说来着。"

文晨转头看向身旁的那个男人，原本就清亮的眼睛更亮了。在听到篮球、前锋和11号球衣后，她的体内有一种不可名状的情感随着血液流遍全身。

镰仓高校前站一年365天都有游客来来往往，有的人是因为《灌篮高手》慕名而来，而有的人只是陪着随行的同伴过来。第二类人看到这样普通的车站大多都是失望而归，因为眼前的风景没有心中的风景那么美丽，但此刻重要的其实并不是风景，而是那个和你一起看风景的人。

"文晨,你站在那里,我给你拍一张照吧,我的摄影技术应该还不赖。"韩季星指了指旁边的一处空地。

文晨听从他的话,走了过去,安静地站在那里。她的裙摆和头发随着海风飞扬,阳光倾泻而下,将她的发丝镀成了金色,白云像鱼儿一样在蓝天中游动,还有和韩季星的再次偶遇,这所有的一切她都觉得妙不可言。

拍完照后,文晨回到韩季星的身边。韩季星脱下双肩背包,在背包里面翻了翻,竟然从里面掏出一盒酸奶来。

"喏,这个给你。"韩季星把酸奶递给文晨。

"那你呢?"

"我不喝。"

"为什么你的包里会有酸奶?"

韩季星没有回答文晨,只是咧嘴笑了笑。

文晨看着带着笑颜的韩季星,脑子里只想到了一个词——如沐春风。

文晨拿着酸奶,用白色的吸管在印有绿色花纹的锡箔纸上画圆圈,她画了一圈又一圈,在一旁看着的韩季星终于忍不住开口说:"你别画圈了,快喝吧。"

文晨这才把吸管插进酸奶盒里,再把它送到嘴边。这只不过是一盒普通的原味酸奶，不是草莓、香蕉等新颖的口味，味道却很纯正，甚至可以闻到酸奶散发的淡淡乳香。可是她却感觉像喝美酒佳酿一样，浅酌慢饮，让旁边的人看了也心有遐想，这酸奶到底是什么味道？

韩季星想起很多年前，他也曾有一个幸福的家庭，父亲还有母亲都在他身边的时候。母亲很喜欢给他做早饭。每天清晨，他从睡梦中醒来，就可以闻到从厨房传来的食物香味，有时候是浓汤煮面条的骨头香，有的时候是烤箱里面包的黄油香气，还有油炸薯条的淀粉香。而母亲不管做什么，都会为他准备一杯自制的酸奶。

他喝酸奶不像文晨那样喝得慢，他往往一口气咕咚咕咚就喝完了。即使过了一段时间，被司机送到学校，他还能感觉到唇齿间留有酸奶的乳香味。他就这样爱上了喝酸奶，无论去哪里，总喜欢去超市或者便利店买酸奶，在冷藏柜前面对着不同牌子的酸奶挑挑拣拣好一会儿，却从来只挑原味的酸奶。

后来父母离婚，母亲没有带走他，一个人去了远方，他就再也没有喝过母亲自制的酸奶。他在世界各地喝了那么多不同的酸奶，终是没有找到像儿时一样好喝的，即使过了很久，依旧留有乳香在唇齿间的酸奶。

文晨终于把手中那盒酸奶喝完了，其实在喝酸奶之前她觉得有点儿渴，可是这酸奶就像那蔚蓝的海水一样，越喝越渴，越渴越想喝。她试着去回味还留在唇齿间的酸奶芳香，却发现嘴巴里好像已感觉不出什么味道了。但是这盒酸奶似乎打开她的胃口，她觉得有点儿饿了。

"我有点儿饿了，你要同我一起去吃饭吗？"她向韩季星发出共进午餐的邀请。

韩季星也欣然接受了"佳人相约，岂有不从之理"。

他们去的是一家日西结合的餐厅，在他们刚进去的时候，餐厅人还不多，他们选了一个靠窗的位置坐定；在点餐的时候，餐厅里陆陆续续地进来好几拨人，原本安静的餐厅变得热闹起来。

"你要吃什么？"韩季星一页一页地翻着菜单，眼睛从一行行日语中一一扫过。

"是吃日料还是西餐？"他继续问。

"嗯，还是日料吧，我想吃米饭。"

"那吃寿司吗？还是来一个食事？饮料呢，饮料要什么？要甜点吗？"

韩季星很细心也很有耐心，几乎是事无巨细地为文晨想到了种种，饭前开胃菜、饭后甜点，还有果汁饮料。而文晨因为不懂日语，只说你决定就好。

最后韩季星为她点了一个鳗鱼食事、一杯可乐。碳酸饮料是文晨自己要求的，本来韩季星点的是玉米汁，她主动说我要喝可乐，韩季星只说碳酸饮料喝多了对身体不好，却也没有勉强她。他为自己点了一份黑椒牛排再加一听啤酒。牛排端上来，一大块的牛肉在滚烫的铁板上发出吱吱的声响。

文晨看着坐在自己对面的韩季星，他拿着刀叉把牛排切成一块一块，每块的大小都差不多，动作优雅得像个英国绅士。又看着他把切好的牛排分了两块放到她的食事盒里。

这样的男人，太具有诱惑力了，如同韩剧《仁显王后的男人》中所说的那样"面对女性，他是一个天生的选手"。

"你知道吗，我每次看日剧，都会觉得里面的啤酒特别好喝。"文晨说。

"那，你要喝啤酒吗？"韩季星朝她晃了晃手中的啤酒。

"不，不用，我只是这么随口一说，我还是喝可乐吧。"

"为什么喜欢喝碳酸饮料？这个喝多了，对身体可不好。"

"我喜欢碳酸饮料的气泡充斥着我的胃，享受这些气泡又慢慢带走体内温度的感觉。对我而言，有可乐的夏天才算完整的夏天。"文晨把话说完，就低头把手里的那勺鳗鱼饭送进嘴里。

有服务员端着一份水果拼盘放到两人吃饭的桌子中间，水果拼盘很好看，摆成一朵绽放的花朵，像大多数日式料理一样，观赏程度大于本身的食用价值。

韩季星叫住了女服务员，两个人用日语不知道正交流些什么，文晨听不懂。

　　两个人交流完毕后，他用一种不可思议的表情看着文晨："我们运气真好，你知道吗，服务员说我们分别是这个月这家餐厅的第999名和第1000名顾客，所以店长决定送我们一份水果拼盘。"

　　文晨听完这个理由后，只觉得莫名其妙。别说她压根儿就不相信这个理由，就算真的有这种赠送活动，对于大奖小奖从来没有中过的文晨来说，她也不会相信她真的会有这种好运气。这应该是韩季星故意这么做的吧，为了显得更有意思一点儿。

　　"店长在那里，你看。"

　　文晨顺着韩季星手指的方向看过去，她看到店长在离她不远的吧台那里，朝她挥手打招呼。她向店长点了点头，表达了她的谢意，虽然她依旧不相信桌上那水果拼盘是送的。

　　"看来，和你在一起，我的运气会好些，毕竟以前我连五毛钱都没有中过。"

　　韩季星挑了挑眉："那应该是我的原因，我的运气一向不错。"说完，他便送了一小块牛排到嘴里。

　　这顿饭两个人吃得都很愉悦，彼此聊着一些在日本遇到的有意思的事情。韩季星去过日本很多地方，他说他还要去别的地方，文晨告诉他，这次她是真的要回国了。

用餐过后，韩季星送文晨到了车站。

两个人道别时，正好是午后，阳光最炽烈的时候。

韩季星觉得时间就像小马一样，踏着嘚嘚的马蹄奔跑而过。他发现跟上次道别离相比，他心中升起了些许的留念和不舍，再也不能像上次那么干脆了。

他心存顾虑，在互道再见后，先选择了转身离去，想表现得决绝一点儿。不过是在异国他乡偶遇的一位女孩儿罢了，要记住你可是要回去订婚的人。他对自己这样说。

可没走几步，他就转身拉住了正在等待巴士的文晨。

文晨只觉得有人拉住了她的手臂，她以为又是某个热心的日本人，待转过身发现是去而复返的韩季星后，她有些诧异地望着他，眼中充满了不解。

"怎么了，掉了什么东西吗？"

"文晨，这是我的名片，上面有我的联系方式，你……"

话未说完，文晨等的巴士已经停靠到了身边。

"希望你回国后能联系我。"本来他是想询问，你的联系电话是多少呢？

文晨笑了笑，接过名片上了巴士，她隔着蓝色的玻璃朝韩季星挥手告别。待巴士驶远了，她的视野里不再有他的身影后，她才找到一个空位坐下来,低头看着手中的这张名片。

名片设计得很简单,白底黑字,上面有名片主人的名字和手机号码,还印有一朵银色的百合花,只在一定的角度和光照下才会闪闪发亮。

文晨手指摩挲着光滑的名片,指尖慢慢滑过名片主人的名字,气流从她一张一合的嘴中吐出,她听到自己轻轻地读出那三个字:"韩、季、星。"

第三章

有的人仅一面，
便足以心动

文晨从日本回来时，是招英和宋民佑一起去机场接的她。

文晨提着行李出现在出闸口，就看到招英举着一块夸张的"寻人启事"，上面用黑色的马克笔写着文晨的名字，明显可以看出写文字时的笔顺是错误的。招英写文这个字的时候总喜欢先写点、撇、捺，最后再填上中间那一横。文晨好几次纠正她，告诉她这样写是错误的，招英仍是不以为然，她就是这样肆意任性、不顾他人眼光的现代女性，就像她去机场风风火火接文晨一样。

招英让宋民佑拿着那块告示牌，自己拿了一个大喇叭，她踮着脚努力让视线掠过攒动的人潮往外张望。在无果之后，她打开喇叭，大声吼："文章的文，早晨的晨，文晨你在哪里？"

这样重复了三遍以后,她终于看到了文晨。

机场人潮拥挤,随处都发生着离别和重逢。文晨看到多日不见的好室友兼好姐妹招英,兴奋地跑去拥抱她。她发觉有不少人用异样的眼光看着她们两个,也不觉得丢脸,只是从小到大她都不太适应这种受人瞩目的感觉。

文晨推开招英,发现这小妮子又瘦了。想着怪不得抱着她的时候,骨头硌得自己有点儿疼。

"晨晨啊,我可想你了。"

"看出来了。看看你想我想得日渐消瘦成这样,我真心疼。"文晨捏了捏招英的脸,她感觉她只捏到了一层皮,没有多少肉。

"你心疼我,为什么不早点儿回来?只会在言语上对我虚情假意的家伙。"话虽是这么说,可是招英还是对着文晨笑嘻嘻的,露出她的大白牙。

"你们两个也别在这儿光站着了,去吃点儿什么吧?"一直站在旁边看着她们两个没有说话的宋民佑打断了她们的叙旧。

文晨看到站在一旁的宋民佑,没有了去日本前的尴尬,却还是有些不自在。她发现宋民佑似乎也瘦了些,侧脸的线条变得更加清晰与硬朗。

"也对啊,晨晨我们去吃点儿什么吧。宋民佑最近赚了一大笔钱,我们好好敲他一顿。"

"你们两个去吧,我今天太累了,想回去好好休息。"

"那我先送你回去。"宋民佑说。

"晨晨不去,那我也不去了。"

于是,宋民佑开着车送文晨和招英回去。

夜幕悄悄降临,霓虹灯陆陆续续地亮起,文晨坐在车后座,看着窗外的夜景从她眼前飞快地闪过,就像是电影被按了快进键,看电影的人还来不及看清楚画面,就已经一闪而过。

招英倚在文晨的肩膀上,闭着眼睛,像是因敲竹杠不成功有些兴致缺缺。

宋民佑从车后镜看了下坐在身后的两人,开口说:"这车里太安静了,放点儿音乐吧。"

音乐旋律缓缓地在车内流动,一个低沉的男声随着音乐开始低吟浅唱。

这人间苦什么,怕不能遇见你。这世界有点假,可我莫名爱上他。黄粱一梦二十年,依旧是不懂爱也不懂情,写歌的人假正经啊,听歌的人最无情。

"这是什么歌啊?难听死了。"招英睁开眼睛问道。

"陈升的《牡丹亭外》。"

"宋民佑，你快关了吧，这首歌一点儿都不好听。"

坐在前面开车的人听从了招英的话，关闭了音响。车内又回归到一片安静之中。文晨没有说话，继续看着窗外跳跃的夜景，其实她心里知道这首《牡丹亭外》一点儿都不难听，由陈升这种历经万般红尘的人唱出来更是别有一番滋味。

三个人在车内谁也没有继续说话，各怀心事。

文晨回到家中，洗完澡就进自己房间休息了，连行李都放在一边，懒得收拾。在她将睡未睡之际，她感觉到有人推开了她的房门，蹑手蹑手却又很熟稔地爬上了她的床。她翻了个身，把脸对着窗外，看着外面那影影绰绰、昏昏沉沉的灯光。

那人悄悄地爬上床后，伸出右手从后面揽住了文晨。

"晨晨，你睡着了没？"

"还没有，快了。"

"晨晨啊。"招英欲言又止。

"嗯。"

"你……那件事你想清楚了没？"

招英没有说"那件事"是什么事，可是文晨心里清楚她说的是什么事。

"嗯，差不多了吧。"

"那，那你的决定是什么？"

"明天告诉你，可以吗？今晚先休息吧。"

"好，你明天一定要告诉我呀，那今晚我可以和你一起睡吗？我那么多天没有见到你，可想你了。"

时间如沙漏中的沙，一点点地流逝，两个人不再说话，随着时间流逝慢慢进入沉睡，房间内只余呼吸的声音。

缘分这种东西真的很离奇，在你还为它感到妙不可言时，它又稍纵即逝。

清晨，除了可以听到鸟鸣，还可以听到广播里喊的健身操口号，还有卖早餐的小贩们自己录下来的叫卖声。文晨只觉得这些声音一直在她的耳边回响。大概是在异国旅途中已被疲倦侵袭全身，回国后的文晨睡得比在日本任何时候都要深。她起床时，发现身边已经不见招英的身影。

招英，难得起得比她早。

她起床去洗脸刷牙，看见招英站在瑜伽垫上做早操，跟着电视机里的人做着相同的动作，嘴里在喊："一二三四，二二三四。"阳台上的洗衣机发出嗡嗡的声音，似乎在为它每日辛苦劳动表达不满。

文晨去厕所刷牙。牙膏已经没有多少，她费了一点儿劲才在牙刷上挤出一条短短的白色膏体。她抬头看着镜子里的自己，一个晚上的好眠，黑眼圈似乎淡了点儿。

她正在刷牙的时候，听到客厅里传来招英的声音："晨晨啊，我帮你把你昨晚脱下的衣服放进洗衣机里洗了啊。"

文晨咬着牙刷应了一声好，随即她就想到什么，立马抬头。她用水杯往嘴里送了一口水再咕噜咕噜吐掉，连嘴巴都来不及用毛巾擦干，就匆匆跑向了阳台。

她一打开洗衣机机盖，洗衣机就自动停了下来，衣服隐藏在泡沫与污水之下。她伸出手在一堆衣服中找寻了很久才找到她想找的那条裤子，裤子在洗衣机的强力转动下已经扭成了一团麻花。她微皱着眉头，把扭成麻花的裤子勉勉强强地恢复成原样，然后把右边裤子口袋里的东西掏了出来。被掏出来的一堆东西，是一些零钱还有一张已经被水浸泡得不成样子的白色卡片。

她看着手里那张皱得厉害的名片，名片上的印刷字体早已经模糊不堪，只有一个季字还缺撇少捺地残留在上面，依稀能辨认出来。

文晨用大拇指指腹摩挲着不再光滑的名片表面，站在洗衣机前愣怔了好一会儿，才发出微微的叹息。

对不起了，韩季星。

缘分就是这么离奇。

招英在听到动静后，也走到阳台上来。她看见文晨手里握着几张湿透了的纸币和一张白色的不知道是什么的纸片，心里有些戚戚然。她的直觉告诉她，自己好像做错了什么。

"晨晨，对不起啊，我忘记摸摸你的口袋了。没有洗坏什么吧？"

"没有，没事……没关系。"

文晨一连说了三个没字，让招英更加意识到她犯错了。她走到文晨身边，将文晨握着东西的手指头一个一个地掰开，她看到了那张皱成一团的名片。她把那张名片铺展开来，同样只看到了那个季字。

"季？晨晨，这是？"

"在日本旅游时认识的人，他给了我这张名片，说希望回国后继续联系，然后结果你也看到了。"文晨苦笑了一下。

"那，那你没有存他的电话号码吗？"

文晨语气中带有些许的遗憾："还没来得及存下来，电话号码就被水给冲走了。"

"对不起啊，晨晨，我不是故意的，我……我……"

看到招英愧疚的模样，文晨反而开口安慰她："我说了没关系啊，本来就只是在异国他乡偶遇的、交情不深的路人而已，名片坏了也就坏了吧。"

她扯了扯招英苦着的脸："不要愁眉苦脸了，我才没有那么难过呢，来，给姐笑一个。"

韩季星，对不起啦，这是天意。

招英对文晨笑了一下，可惜笑比哭还难看。

宋民佑主动联系文晨时，已经是文晨回来一个星期之后了。那个时候，文晨已经告诉了招英答案。

招英在文晨回来的第二天就直接问了文晨："你想好给宋民佑的答案了没？"

文晨伸出左手向她比了个V，招英瞬间就明白了。在很多人的意识中，V就是yes，可是在文晨和招英之间并不是这样，V是2的意思。对她们而言1是yes，2是no，所以文晨选择的是no，答案是拒绝。

招英在知道文晨的选择后，为宋民佑感到难过与同情的同时，在心底某个小角落却又隐隐约约感到喜悦。她的心就像打翻了调料瓶一样，五味杂陈。

"对不起。"

文晨拒绝得很干脆，没有半点儿拖泥带水。她清楚地看见宋民佑的表情由期待变为淡然，最终露出无法掩盖的失落，任由它从心底蹿到脸上。

"我能问一问为什么吗？"

"一个人有时候单身久了，就不太容易接受别人闯入她的生活了。又或许是我在前一段感情里陷进去太深，还没有决定去接受一段新的感情。"文晨吸了一口气。

"虽然你拒绝了我,我很失落,但是你的解释又让我感觉我还有些许机会。"话虽然是对文晨说的,但其实却是一段自我安慰。

宋民佑想起他见到文晨失恋的时候,他去白鸽公园喂鸽子,看到一个女生蹲在白鸽公园里抱膝大哭。她哭了很久,久到宋民佑把手中的鸽子饲料都喂完了,却依然看见女生蹲在那里默默流眼泪,好像要把体内的水分全化作眼泪,流干为止。

他走过去递了一张面巾纸给她,几秒钟后,蹲着的女生才伸手接过纸巾,说了一句谢谢。宋民佑没有转身离开,就这样看着她用面巾纸擦干眼泪,然后站起身,右手紧紧捏住那张被眼泪浸湿的纸巾。

他这才看清楚这位在他面前哭得梨花带雨的女生的面容,他愣了愣,因为他很熟悉这张面容,他努力地在脑海中搜索与面容相对应的名字——

10号,文晨。

平日里,他常去一家蛋糕店买芝士蛋糕。有一天他去结账的时候,戴着10号胸牌、胸牌上面还写着"文晨"两个字的收银员对他说:"先生,你每天都吃芝士蛋糕不腻吗?要不要试试我们店里的抹茶蛋糕,同样很好吃。"

他看着她一脸认真诚挚的样子,嘴角含笑,眉目温和,眼睛亮亮的,跟往日里见到的那些神色淡漠的收银员完全不一样。他不忍心拒绝眼前这个面容诚恳的姑娘，然后就鬼使神差地把芝士蛋糕换成了抹茶蛋糕。

所以，他想有些人大概真的是只见了仅仅一面，便足够让人心动了。

他在想是不是真如文晨说的那样，她在上一段感情中投入太多，以至于现在还不能抽身离开。可如果真是那样，他有足够的耐心等待文晨去接受他。

真心喜欢一个人难道不是这样吗？

默默地陪在她身边，不要求什么回报与结果。

招英在家里一直看着挂在墙上的钟表，她默默数着时间，心脏跟着秒针的节奏一下一下地跳动。看到文晨开门进来，她噌地从沙发上站起来。

文晨看到招英的反应，明显一愣。

"招英啊，你这是干吗呀？看见我回来反应这么大。"

"我，我就是在等你回家啊。你跟他说了？"

"嗯，说了，我说我还不想谈恋爱。"

"那，那他怎么说？"

"没怎么说啊，尊重我的慎重决定呗。"

"他送你回来的？"

"没有，我自己回来的，他说他想一个人去散散心。"

文晨刚说完，招英就开门跑了出去，她连电梯都懒得等，踩着高跟鞋嗒嗒嗒地就下了楼。还好两个人住的楼层本来就不高，不然她真担心招英会扭了脚。

文晨跑到窗户边，把窗户推开，对着刚出楼梯口的招英喊："招英啊，这么晚你要去哪里啊？"

"我去外面有点儿事，你别管我，不要等我，早点儿睡觉。"

然后，没一会儿，文晨从窗户向外看去就已经不见她的踪影了。

招英是在白鸽公园找到宋民佑的，宋民佑坐在公园的石梯上，在他的身边还摆着两听喜力，其中一听已经空了。他一个人坐在那里，百无聊赖地喂鸽子。

"我就知道你会在这里的，我还真是聪明。"招英笑嘻嘻地朝宋民佑走过去，在他没有摆啤酒的另一侧坐下。

"对呀，你还真是冰雪聪明。"宋民佑的眼睛依旧盯着前面正在啄食的鸽子。

"任何人被心爱之人拒绝了，总会想去初识的地方散散心的，我电台的听众都是这么做的。"

宋民佑失声笑了下："你的消息还真灵通，我刚被拒绝你就知道了。"他拿起身边的啤酒喝了一口，"那你来这里找我做什么？

不会是想来看看我失恋时苦逼的样子吧。"

"宋民佑，你这么说我可就生气了。我们认识这么久，在你心中我就是那种人吗？"招英抬手拍了一下宋民佑的肩膀。

"咳咳咳！"招英这一拍，把宋民佑食道中的啤酒拍进了气管。

"呃，对不起啊，我不是故意的，你没事吧？"招英看到宋民佑咳嗽赶紧又轻轻地拍了拍他的后背，边拍边说，"我可是听过无数爱情故事的爱情专家招英啊，今晚我可是特地跑过来开导开导你的。哎，让我跟你说个感人的爱情故事吧，让你知道这个世界啊令人心疼的爱情多多了，你只是不起眼的一个。"

招英说的那个爱情故事，是关于一对老年夫妇的。老奶奶得了绝症，在病床上躺着等待死神的降临。突然有一天老爷爷告诉老奶奶，她的病可以治好了，因为医院引进了国外最先进的治疗技术和药品，老奶奶很开心自己还能再多陪老伴一会儿。没过多久，老爷爷把老奶奶接出了医院，他告诉老伴她的病已经有所好转不需要住院了。在经过病痛的折磨后，两位老人明白了人生苦短，需及时行乐的道理。两位节俭了大半辈子的老人把所有的积蓄都取出来，他们去遥远的大洋彼岸旅行，专门雇一个司机为他们开车，登上豪华游轮度假，还幸运地和管弦乐队合作在游轮上唱了一首歌。

老爷爷看到老奶奶开心，他也很开心。他没有告诉老伴她真实的病情，其实老奶奶已经时日不多了，老爷爷所做的一切只是想让老奶奶在人生的最后时光愉快地度过。

"后来呢?老奶奶知道她的病情了吗?还是已经……去世了?"宋民佑问她。

"我也不知道,打电话给我的人就是那个老爷爷,他没有说后来怎么样了,只是想为他的老伴点首歌。"

"什么歌?"

"《我只在乎你》。"

宋民佑没有再问下去,他喝了一口啤酒,发现最后一听啤酒也被他喝光了。他起身把两个空罐子丢进垃圾桶里,回身看着还坐在那里的招英,把手拢在嘴巴边喊话:"喂,你走不走啊,我可要走了。"

公园里的鸽子听到声音,受到了惊吓,纷纷张开翅膀飞向远处的天空,倒是也有几只胆大的鸽子,似是不闻呼声,依旧低头啄食。

招英闻声站起身子,她抖了抖有点儿发麻的腿,跑向宋民佑。

"喂,我说的故事有没有感动到你啊?有没有让你觉得自己跟两位老人的生死别离比起来太矫情了啊?"

"……我不想和你说话。"

"那你有没有想通点儿啊,你还是有机会的,毕竟晨晨只是说她暂时还不想谈恋爱。"

招英撒了谎,听了那么多爱情故事的她怎么会不知道,文晨说出这句话,就意味两人在一起的可能性几乎为零了。

招英望着比她高出不少的宋民佑,心理有些复杂却始终没有告诉他爱情残酷的真相。

宋民佑也没有回应她,只是安静地望了一会儿夜空,然后轻声开口:"已经很晚了,我送你回去吧。"

第四章

好久不见，不如不见

唐家莉的邮件在文晨的邮箱里待了两天，文晨才看见。

文晨通常是不怎么用邮箱的，起初是因为要和顾客还有作者们联系，宋民佑和招英说有一个邮箱会更方便，她才去申请了一个免费邮箱。

可是，当文晨在收件箱看到署名为唐家莉的邮件时，她还有点儿不相信自己的眼睛，因为在她的印象中，唐家莉从来没有给她发过邮件，两个人之间的联系一直都是通过电话和 QQ 进行。

文晨在打开邮件之前还犹豫了一会儿，害怕是利用邮件进行传播的病毒。招英也提醒她如果不放心就不要打开了，可以直接发短信或者打电话过去问，但文晨考虑再三后，终究还是点开了邮件。

文晨：

  多日不见，你还好吗？我们两个人虽在同一座城市，却不常见面，希望你一切都顺利。

  还记得在读大学时我们的约定吗？你说你要来参加我的婚礼，给我封一个大大的红包。现在我迫不及待地告诉你一个好消息，我要订婚了。虽然不是我正式的婚礼，但还是诚挚地邀请你来参加，不需要大大的红包，我只希望你百忙之中抽出时间来观礼就够了。

爱你的 Lily

  信的末尾还附有时间与酒店名称和地址。

  这世上，总有那么一些人，你总是不见其人，总闻其名；总有那么一些人，她虽然已不在江湖，但是江湖依然有她的传说。而唐家莉就是那些人中的一个。

  大一报到的第一天，唐家莉就理所当然地成了众人瞩目的焦点。她开着一辆银色的敞篷跑车，后面还跟着一辆黑色小轿车，两辆车子拉风地开进学校停车场。在围观者的目瞪口呆中，唐家莉的行李被穿着统一黑西装的保镖一箱一箱地搬进寝室，而她本人却撑着太阳伞站在人群中间，嘴里不住地抱怨着太阳太毒辣了。

  经管系来了一个养尊处优的富家女，开着豪车进了校园，还带着自己的保镖帮她搬行李进寝室，阵仗比校长还大。这则新闻很快就传遍了F大校园的各个院系。同样是大一刚去F大美院报到的文晨以及送她去学校的父母自然也听到了。

妈妈担忧地跟她说："晨晨啊，你一个人在学校可要好好照顾自己，不要去跟一些不务正业的人交朋友。"

爸爸毕竟见识比妈妈多，也知道有钱人家的小孩儿出门架势大一点儿也不少见。他皱着眉对老婆说："瞎跟孩子说什么呢，我对我们家晨晨那是绝对放心，你当妈的还不相信自己的孩子？"

正在上头铺床的文晨也不说话，听着父母在离开之前对她的各种嘱咐，面带微笑。

后来唐家莉跟文晨说，报到那一天她刚拿到驾照，偷拿了她爸的车钥匙，开走她爸新买的那辆跑车，她爸为了这件事还断了她一个月的口粮，害得她每个月只能窝在学校食堂吃饭。

"那……那些保镖是怎么一回事？"文晨问道。

"嗨，那哪是什么保镖啊，就一搬家公司的员工。"

"那他们为什么还穿西装？"

"我特意找了最贵的一支搬家队伍，要求的是VIP级服务。没想到吧，这年头，搬家公司为了效益也是花样百出，整得跟一保镖大队似的。"

至于美院的文晨怎么和经管学院的唐家莉认识的,文晨觉得她一辈子都忘记不了,因为那是她第一次被人诬陷是小偷,还第一次去了派出所。

那时,身兼任课老师和辅导员的小吴老师告诉文晨,班里需要一些纸笔还有颜料,她安排身为班里的学习委员的文晨去采购。文晨连连点头答应,却不料简单的采购把自己给采进了派出所。

采购之初一切都很顺利,小吴老师把需要购买的材料列出了清单,这让文晨很快就买齐了需要的东西。在结完账后,文晨前脚刚踏出店门,后脚就被人拉住了,一个带小孩儿的中年妇女怒气冲冲地对她说:"你偷了我的钱包!"

文晨起初还有耐心解释:"阿姨你是不是搞错了?"可是那位带小孩的妇女就是不依不饶:"你偷了我的钱包还不承认,你说你一个好好的大学生怎么在学校里不学好,净干这种偷鸡摸狗的事呢?"

"阿姨,你弄错人了吧,我真的没有。"

"你是附近F大学的吧,这F大学教育还真不好,竟培养你这种被人抓个现行还厚着脸皮死不承认的垃圾学生。"

"阿姨,我真没有拿你钱包。"

文具店老板一副事不关己、置身事外的样子让文晨感到绝望。她觉得那个妇女身上仿佛有一千张嘴,她每说一句,妇女就会盛气凌人地回一千句，句句像刀子，戳人心肺。她颤抖着双手把那些装在塑料口袋里的纸笔颜料通通倾倒出来，试图去证明自己的清白，却制止不了那位妇女说出一句句更难听的话语。

空无一物的白色塑料袋随风摆动发出噗噗的声音，就像是在嘲笑这出闹剧。

"哎，你这么说我可就不乐意了，你凭什么说我们F大学教育不好。你说她偷了你钱包，你有什么证据？她把袋子里的东西都倒出来给你看了，可没有你那什么破钱包。"

"就凭她做贼还抵死不认。"中年妇女振振有词，用食指对着文晨指指点点。

声音是从背后传过来的，文晨带着莫大的感激看向那个为她开口出声的人，是一个女学生，头发微卷。那个时候她还不知道，那人就是唐家莉。

"我在给我儿子挑文具的时候，只有她路过我身边，肯定就在她身上，搜她的身就知道了。"

"笑话，你不知道随意搜人的身是犯法的吗？"

两个人僵持不下，中年妇女双手叉腰，因为愤怒而脸色通红。后来，唐家莉跟文晨说，她那模样就像屠宰厂里一只待宰的母猪。

姗姗来迟的警察要把两位当事人带去派出所调查清楚，唐家莉也说要去。

"她是我姐妹,我当然要去,免得这老女人欺负我姐妹。"她说得一本正经,但两个人其实在警车上才互相知道了彼此的名字。

到了派出所,文晨眼眶红红的,极力压抑着自己的泪水不往外涌,她告诉了警察小吴老师的电话,警察跟她说由于证据不足,她等着辅导员把她接回去就行了。只有唐家莉还是一副不还我清白、誓不罢休的态度。

在等待小吴老师来的间隙,隔壁审讯室的警察过来告诉她们,钱包找到了,是妇女的小孩儿想去游戏厅打游戏,趁他妈不注意偷偷拿的。刚开始小孩儿被吓到了不敢说实话,到了派出所才敢偷偷地告诉警察,现在钱包已经还给他妈妈了。

唐家莉问:"那个老女人呢?"

警察答:"带着儿子走了。"

唐家莉生气地拍案而起,怒道:"连道歉都不过来说一声,就这么让她走了?你们这些警察是吃……"

吃后面那个字没说出口,她的话就被推门声打断了,来的人正是小吴老师。

看到小吴老师,文晨积压已久的眼泪就像潮水一般涌出了眼眶。

小吴老师递给文晨一块青灰色的手帕,连声安慰道:"没事了,没事了。"

文晨和唐家莉就这样相识了，而相熟又是另一回事了。

唐家莉自认想追她的人可以从寝室门口排队到火车站，而且一直都是她拒绝别人，从没有人拒绝过她。她从没对谁上心过，可偏偏就对匆匆赶来派出所的小吴老师一见钟情了。

文晨问唐家莉为什么会喜欢上小吴老师，唐家莉一边小心翼翼地涂指甲油一边说："因为在派出所，我看到他递给你手帕擦眼泪，这个年代还在用手帕的人已经是稀有物种了，所以这个稀有物种一下就戳中了我的心。"

从那以后，上课看心情的唐家莉开始频频出现在小吴老师的课堂上，她甚至会来参加小吴老师的晚点名，坐在文晨后面。她还动不动就带着文晨去教职工宿舍蹲点等候小吴老师，但是这些秘密只有文晨知道，而莉莉在这场没有结果的单恋中失恋的事也只有文晨知道。

因为全美院的人都知道小吴老师要结婚了。

伤心的莉莉抱着文晨哭泣，她告诉文晨这是她在爱情中遭遇的最大挫折，她感觉自己不会再爱上别人了。而那时文晨也在偷偷暗恋她的11号球衣少年，她看似潇洒，实际上最明白莉莉心中的苦楚。

她安慰莉莉，以后还会有更好的，并和她许下约定："等你结婚了，我一定会来参加你的婚礼。我会见证你的幸福，也看看让你变得更美好的人，到底是什么模样。"

景云酒店是一栋32层楼的五星级酒店，它位于全市最繁华的中心地带，看看酒店里停的豪车就知道出入这里的人非富即贵。

　　这些信息，是招英昨天告诉文晨的，招英在看到订婚酒店的名字后，啧啧惊叹，直言没想到文晨也有如此"壕"气十足的朋友。

　　而此时，文晨就站在景云酒店的门口，训练有素的服务员带着她穿过重重走廊，来到了一个走廊尽头的大厅。那个大厅门口没有张贴任何订婚男女主角的照片，也未见两位主角的名字，有的只是一块告示栏，上面写着恭祝唐韩两家联姻。

　　文晨走进大厅，她视线所及之处，都是穿着华丽、打扮精致的女人和衣装笔挺、老谋深算的男人在大厅的各个角落谈笑风生。这时，有服务员端着盘子路过，问她是否需要一杯香槟，她摇了摇头，只要了一杯可乐。服务员很快就给她端来一杯可乐，她抿了口可乐，端着玻璃杯努力寻找唐家莉的身影。

　　她穿梭在人群中，看着周围的环境，衣香鬓影、纸醉金迷，这两个成语突然就从她脑海中蹦出来。

　　觥筹交错间，文晨似乎看见了韩季星的身影，却又转瞬消失在自己视线里。

　　她怀疑自己看错了，揉了揉眼睛，再睁眼时韩季星已经走到了她的面前。

原来真的是他。

和在旅途中遇见的不一样，今夜的他肩上没有双肩包，脖子上也没有单反相机。他穿一身笔挺的西装，那西装仿佛是为他量身定制一样，每一处剪裁都符合他完美的身材线条。

她没想到两人竟会在这番情景下重逢，内心不禁升起一缕缕欢喜。只是她没有发现韩季星端着高脚玻璃酒杯走过来时，看着她的眼神是那么复杂。

"Hi，没想到在这儿能遇……"

"晨晨，原来你在这儿，我还在想你怎么还没有到呢？"文晨话未说完，唐家莉突然就出现打断了她的话，她快步来到文晨的身边，眼中露出藏不住的笑意。

"嗯，你也在这里，那正好免得我去找你了。"文晨笑着回应，可下一秒，她就看见唐家莉抬手挽住了韩季星的手臂。这个画面在她的眼中就像慢动作回放一样，刺激着她的每一根神经。

"莉莉，这是？"

"韩季星，我的未婚夫，让我变得更美好的人。"

文晨感觉浑身一阵冰凉，韩季星的沉默不语与面无表情，让她的表情变得复杂起来。

佛祖说，一切有为法，尽是因缘合和，缘起时起，缘尽还无，不外如是。

所以，文晨在想，她和他是不是在金阁寺和镰仓高校前站就用完了今生所有的缘分呢。

"晨晨，你先在这儿等一会儿，我爸在那边叫我呢，桌子上有什么吃的你随便拿。"唐家莉说完，去了另外一处，只剩下两个人面面相觑。

"真是没想到能在这里再遇见你。"文晨把她刚才未说完的话补完。

"可乐喝多了对身体不好。"

"我喜欢喝可乐。"

"为什么不联系我？"

"名片不小心被弄坏了，电话没有了。"

"只是这样？"

"只是这样。"

"那可真的是……一个可笑的原因。"韩季星嘴角撇了撇，至少这个理由比他心中所想的"不愿联系"更容易让人接受。

所以，他也说了同样的话"真没想到会在这样的场合再遇见你。"

"是啊，真没有想到。"

相见不如怀念。

也许，他们不如不见。

台上已经有主持人在说开场词了，大厅内分散的人群慢慢聚拢。

在主持人说完台词后,女主角唐家莉在万众瞩目中拖着华丽裙摆缓缓走上舞台,而韩季星却是站在人群中,和来宾们一样看着台上的唐家莉。

唐家莉是天生的舞台焦点,她似是一颗千淘万沥的珍珠,璀璨夺目。文晨站在台下看着台上优雅大方的唐家莉,头脑已经不太能记起那个伏在她肩上,眼泪打湿她肩膀的唐家莉了。

在听到主持人邀请韩季星上台时,文晨喝了一口可乐。

韩季星从人群中走出,缓步上台,他稍稍弯腰,朝台下的来宾鞠了一躬。唐家莉在旁边直直地注视着他,眼中露出挡不住的浓情。

文晨听韩季星说完"谢谢大家来参加这个订婚仪式"后,就转身离开了人头攒动的大厅。

她觉得室内有点儿闷热,也觉得和这满屋子端着高脚杯喝香槟的人相比,自己显得格格不入,更是觉得自己大概已经不想听下去。

韩季星说完事先准备好的发言后,他环视了一下四周,没有看见文晨的身影。很多认识的、不认识的人都端着酒杯向他和唐家莉祝贺,他们说着千篇一律的话语,听不出任何真诚的祝福。

韩季星看见继母和唐家莉的父亲相谈甚欢,更让他觉得这场订婚仪式和签合同的现场没有什么区别。他觉得又闷又燥,扯了扯自己的领带,想走到外面去透口气。

然后，他便在外面，看见了倚在栏杆上的文晨。

文晨穿的这条裙子在参观镰仓高校前站时也曾穿过，裙摆随着晚风飘扬，他看见她的一只腿伸直一只腿弯着，低着头，不知道在想些什么。

他走过去，用他的高脚玻璃酒杯碰了下她手中的玻璃杯。"砰"的一声，酒杯与玻璃杯相碰撞发出了清脆的声响，而她似是被惊到了一般，身体明显地颤了颤。

"在想什么，那么入迷？"

"没有，只是在想这万家灯火，到底哪一处才是为我留的灯光。"她戏谑道。

"那我估计你是找不到了。"韩季星端起酒杯，往嘴里送了一小口香槟。他把目光投掷于远方的霓虹，酒液滑过他的喉咙，进入他的食道，最终九曲回肠地融入他的血液，却丝毫没有降低他体内的温度。

"我一直在等你联系我。"他说。

"很抱歉，这是个意外，我洗衣服的时候不小心把名片弄坏了。"

"如果你早点儿联系我，也许我们就不会在这场可笑的订婚宴上再次相遇了。在金阁寺的时候，我说过我要做一个决定，其实就是是否同意这场订婚。"

"过程不是那么重要，结果才重要，最终结果就是你选择了

Yes。"文晨碰了一下他的酒杯,开口说,"我和你也算是朋友了,祝你订婚愉快,干杯。"

市内一片灯火通明,天上却只有几颗星子忽明忽暗。

室外的两个人各自沉默,带着无法言说的心事,而和他们一墙之隔的厅内则是充满欢声笑语。

只是同样的,谁也不知道对方在想些什么。

第五章

她不卖,他却非买不可

韩季星躺在柔软的黑色大床上,手机屏幕透出白色的光映射到他面无表情的脸上。在他第十五次在手机上滑到同一个电话号码,大拇指停在绿色的拨号键上时,他想了想,又把手机屏幕返回了桌面。

距离那场订婚仪式已经过去大半个月了。他和文晨虽然重新取得了彼此的联系方式,却没有任何联系。

他忽然想起了什么,起身下床走到书桌旁,拉开书桌柜子,在里面翻了翻很快就翻到一本相册。那是他上次去日本旅游期间,所有他洗印出来的照片。他一页一页地往后翻,目光却不曾在那些美丽的风景上做任何停留,直到他翻到自己心中最想看的那张。

他停了下来,嘴角露出一丝不易察觉的笑容,眼睛盯着相册上的那张照片。

那是他为文晨在镰仓高校前站拍的。照片上的文晨笑得很腼腆、很温柔、很干净。对，就是很干净，和照片里的背景蓝天一样，没有任何杂质、没有一丝阴霾。

韩季星盯着那张照片看了很久以后，突然觉得自己此时就像是一名未成年的高中生一样，心神不宁，辗转反侧。

"幼稚。"他嗤笑一声，重新躺回到那张柔软的大床中，紧接着一种失落油然而生，慢慢地侵蚀着他的五脏六腑。

他与文晨在镰仓道别后，没有像文晨一样马上回国，而是又去了日本几个地方。

在旅途中，他仔细思考着是否要和唐家莉订婚。也许是因为旅途中的疲惫与劳累，他几乎没有想到文晨，只是在参观别的寺庙的时候，他才会想到那个在金阁寺虔诚参拜、面容安静的女子。

于是，他试着和她一样，祈求神明给予他神灵清明。

回国以后，他开始期待文晨联系他，他翻看手机的次数越来越频繁，担心自己忽略掉某一条短信或者某一通未接来电，然而都没有。

他有些后悔，为什么他没有提早去询问文晨的联系方式？为什么一定要在道别的时候才去主动提及这件事？

然后，他渐渐放弃了等待文晨的消息。他安慰自己，那不过是旅途中偶遇的一位陌生人，没有什么特别之处，对方也没有把自己记在心上。因为只有这样想，他才可以下定决心，去接受继母给他安排的婚事。至少那桩婚事，看起来还不错。

只是，他没有想到，再次相见，会是在那样一个尴尬又可笑的情景。

就像是神明看穿了他不虔诚的心意，跟他开的一场玩笑。

手机铃声在安静的房间响起，显得特别清楚。

韩季星眼睛亮了亮，拿起手机看见来电人的姓名后，目光又重归平静。

"喂，祝柏扬，今天吹的什么风，你竟然给我打电话了？"

被称作祝柏扬的人在电话那头也不回答，只调侃说："韩少爷，恭喜你订婚啊，我那天有事在外，出差来不了啊，没看见你当新郎官的样子。"

"你这孙子好好给我说人话，成不？"

听到自己被称作孙子，祝柏扬不怒反笑，继续调侃道："和唐家千金订婚多神气啊，你这小子能得她唐大小姐的青睐看来还是挺有能耐的。"

"少在这里跟我叽叽歪歪，你那点儿花花肠子我还不知道，有什么事你跟我直说，不然我可就挂了。"

"别别别，韩少爷，这不是你刚订婚，首先向你道一声祝贺嘛。

"是这样的，我最近不是办了本时尚杂志嘛，需要找个模特给我拍几张婚纱照，这不，我就想到了你。"

"你自己花钱去找个模特找个摄影师帮你拍，不就完了，这也用得上我？"

"拍婚纱照这事，你家不是专业的嘛，婚纱和园子都有现成的，那就不用我费心去找了，只是模特我看了好几个，真没找到合适的。"

"那你要什么样子的？"

"文艺点儿的，"祝柏扬继续补充道，"千万别找那些整容的锥子脸啊，我这几天看那些千篇一律的脸都看吐了。"

"那成，不过这事我可不能白帮你，高级定制婚纱、园地租金、专业摄影师，这些可都……"韩季星没把话说完，祝柏扬就明白了他的言下之意。

"成成成，所有价格按市场价算。"

"市场价倒不至于，我可以给你打个八五折。"

韩季星话音刚落，就听到电话那头传来哐当一声，好像是有什么东西碎了。紧接着一个尖细的女声在那边骂骂咧咧，祝柏扬又劝了几句："算了，算了。"

韩季星问："怎么了？"

祝柏扬说："我家佣人不小心把茶壶给摔了，茶水洒了，我妈在教训她呢。"

"不过就是一个茶壶的事，再买一个不就行了，犯得着发那么大的火？"

"主要是把茶水全洒在老太太前阵子刚买的画上了，她不知道待会儿怎么跟老太太交代。"

"再买一幅不就得了，只要别是什么张大千、齐白石之类的名家画作。"

"那倒不至于，是老太太不知道从哪个不知名的小画家手里买的画，只是老太太自己喜欢罢了。"

"一般画作都会有画家署名的，你去看看，再去买一幅回来送给老太太就行。"

"那我看看啊，好像叫文什么，文晨。"

韩季星听到文晨两个字时，心里咯噔一下，随即心里有了一个想法。

韩季星问："这画在哪儿买的啊？"

"不知道，老太太买的，她才知道。"

"那老太太人呢？"

"散步去了。"

"等她回来你帮我问问地址，然后告诉我。"

"好，好的。哎，不是，我说你要地址干吗呀？"

"帮你找模特。"

韩季星随即就挂了电话。

沿着道路两旁郁郁葱葱的法国梧桐的长丰路一直开到底，再向右转进入紫薇路。韩季星把车停在画好的车位上，下车穿过斑马线走到紫薇路的另一侧，再走不久就找到了文晨的工作室——"小溪"。

他在外面站了一会儿，倚着路边枝繁叶茂的大树点了一根香烟，像是纠结着什么，直到把香烟抽完，丢进垃圾桶后，才推开"小溪"的店门进去。

他听到事先录好的、没有任何感情的"欢迎光临"，然后看见文晨坐在不远处画画。她的侧脸对着店门，一缕发丝垂落在她的耳边，她却没有在意，只是盯着画做沉思状。

"文晨。"韩季星走近几步，轻声唤道。

正在思考下一笔要从何处画起的文晨听到这熟悉的声音，诧异地转头，才发现韩季星正站在不远处看着她。

"你……你怎么来了？"

"不欢迎我吗？"

韩季星虽然嘴巴上这么说，却径自在不大的工作室里晃悠起来，走走停停，摆摆弄弄。看到感兴趣、合眼缘之物就会把眼镜推一推，凑近看一看。他近视不是很严重，所以平日里都不怎么戴眼镜，可今天却戴了一副无边框的银丝眼镜。从文晨的角度去看，那模样倒也像一个瞧画的业内专家。

"我是问你怎么找到这里来的?不要告诉我是偶然进了这家店,发现店主是我。我可不相信这个理由。"

韩季星拿着一个陶制艺术品,听她这么一说,没忍住就笑出了声:"我本来打算这么说的,既然你把我要说的话都说完了,我只好无话可说了。"

文晨不再作声,却在韩季星身后看他摆弄店里的那些东西。

见文晨不出声,韩季星主动开口说:"我自然有我的方法找到这个地方,在Ｓ市我总归可以找熟人帮忙的。"

"那你过来干吗?哎,你小心别碰碎了。"文晨提醒面前正在摆弄一个玻璃制品的韩季星。

"来买点儿东西放家里摆着。"

文晨不信,看见文晨那一脸怀疑的样子,韩季星又笑出了声,倒也没有继续卖关子,直接就说道:"其实是想请你帮个忙。"

"帮忙?我能帮你什么忙?"

"我需要一个婚纱模特,要求是气质文艺点儿的。"

"可是我一点儿都不文艺。"

"你不是学艺术的嘛,学艺术的女生都挺文艺的,我觉得你挺合适的。"

"我不去。"文晨干脆利落地拒绝了他。

韩季星问:"为什么?"

文晨回答他:"就是不想去做呗,我不适合,按理来说你应该有更适合的人选。"

韩季星当然有比文晨更合适的人选,专业模特经验老到,摄影师的要求都能一一满足。可是他却不是为了寻找模特而找到文晨的,这只不过是出于他自己的私心罢了。但是他不能对文晨说实话。

"我觉得你非常合适,你不用那么快就给我答复,你可以回去好好思考一下。还有,我会给你高于市场平均价的工作薪酬,我是很有诚意邀请你的。"

"既然你那么有诚意的话,买几样东西再走吧。"

"打折吗?"

"艺术品卖给资本家时,只有加价,从不打折。"她嘴角含笑道。

文晨陪韩季星挑挑选选了好一会儿,她觉得韩季星的品位很是令人捉摸不透,一会儿喜欢古典风格一会儿喜欢现代风格,连抽象的艺术他也能欣赏。

韩季星走的时候,文晨也没有送他,就当他是一个普通的顾客一样,结完账还对他说了句"谢谢光顾"。

韩季星从"小溪"带走了一幅画和两个陶制雕塑。那幅画是文晨在闲来无事的时候随手画的,因此并不是很精致,线条也很粗糙。它被文晨卷起来,放在一堆裱好的画作旁边,恰好被韩季星翻看到了。

他要买,她不肯卖,可他却非买不可。

"这幅画不卖。"

"你既然放在这里为什么不卖?"

"就是不想卖。"

"可我就是对这幅画感兴趣。"

"你非要这幅画的话,我也不会给你算便宜点儿的,还是按尺寸算。"

"随意,我反正要买下它。"

其实那幅画是文晨闲来无事画的自画像,只是她越画就越没有耐心,最后便草草了事了。

在黄昏降临,太阳将沉未沉之际,文晨拉下了工作室的卷闸门。夕阳把她的影子拉得很长,就像地面上的皮影戏,她踩着自己的影子缓步回到家中。

家中空无一人,招英还没有回来。文晨去冰箱拿了块牛肉还有青菜,便去厨房洗手做饭。

等到夜幕取代黄昏时,招英便回来了。

"哇,好香啊,晨晨今晚你亲自下厨做饭啊。早知道我就不在电台吃完饭回来了。"

"那你还要吃点儿吗?饭我有多煮,就是菜我只炒了一个牛肉和一个青菜。"文晨吃着饭，没有去看招英，眼睛正盯着电视里正在重播的电视剧。

"算了，我还是不吃那么多淀粉了，免得发胖，吃点儿水果吧。"

招英坐在沙发上，在果盘里挑了个苹果，也饶有兴致地看起肥皂剧来。

一集电视剧播完，正逢打广告的间隙，文晨夹了两口菜，犹豫了一会儿，望着招英道："招英啊，我跟你商量个事，你帮我拿个主意。"

"嗯嗯，你说，我听着。"

"就是有人请我去当婚纱模特，我当时拒绝了，他又说给我时间慢慢考虑，现在我想咨询咨询你的意见。"

招英一边咀嚼着苹果一边含混不清地问："那酬劳呢？"

"挺高的，按他的说法是高于业界平均水平。"

"那为什么不去？"

"可是我……"

"晨晨，你不是说最近伯父伯母身体不好，需要钱看病和照顾身体吗？最近你为了汇钱给家里，每天这么辛苦早出晚归的，这笔钱你不赚白不赚呀，赚了这笔钱你也可以给伯父伯母多买点儿营养品了。"

"可是……"

"别可是来可是去的了,你要是担心,我陪你去吧。对了,我还没问找你的那个人是谁呀?靠谱不靠谱啊?为什么会找上你?"

招英一连串的问句把文晨问得有点儿蒙,她不知道该怎么回答招英。

是说一个普通朋友,还是说旅行时认识的朋友?

是说他是被洗坏的名片的主人,还是说他是上次给她发邮件的同学的未婚夫?

文晨思来想去不知道该怎么回答,最后在招英直勾勾的眼神下,选择了全盘托出。

文晨跟招英讲她如何认识的韩季星,如何在日本跟韩季星偶遇两次,韩季星是一个怎样涵养有素的富贵佳公子。

"原来他就是那张名片的主人,那后来呢,后来你们怎样重逢的?"

文晨叹了口气,又跟招英讲了在唐家订婚典礼上不可思议的相遇,这让招英不禁连连感叹。

"我一直以为S市不大,处处可见熟人,两个陌生人之间只要插入第三个人就能找到交集,却不曾料想到,原来这世界这么小。"

文晨询问:"所以呢,我到底是该答应他还是该拒绝他?"

"看你自己咯,既然确定他是靠谱的话,我觉得去也无妨,毕竟他给的酬劳多,而你正好又是需要用钱的时候。"

"那我再好好想想吧,不过话说回来,你可是答应了如果我要去,就陪我去的啊,到时候可不许赖皮不认。"

"好好好,只要我没有上班,我十分乐意陪你去,而且我也想见见那个叫韩季星的人。"

是夜,躺在床上玩手游已有倦意的韩季星,收到了文晨发来的短信。短信内容很简短,只有四个字,却让他的喜悦之情油然而生,倦意也消失殆尽。

她说:"我答应你。"

第六章

从云端落下的美人

　　文晨觉得她不应该一时口快答应韩季星的,因为现在她简直如坐针毡,浑身都不自在。化妆师在她的脸上涂涂抹抹,发型师在她的头发上抓来抓去,又是烫又是染。她觉得她就像一个木偶,任由那群工作人员随意装扮自己,还不能出声。

　　一同过来的招英倒是对这里的一切都充满新鲜感,她从一下车看到婚纱庄园开始,就已经被深深震撼到了。

　　"早就听说S市有一个占地面积广,极具奢华的婚纱庄园,我一直想来一探究竟,没想到今天借你的光来了。"

　　"真没想到晨晨你大学好友在景云酒店订婚,在日本随意遇到的一个人也能是这婚纱庄园的少爷。"

"哎，我说晨晨啊，你别这么一副愁眉苦脸的样子好不好，换个角度去想，今天你当新娘哎，哪有你这么一脸苦相的新娘。"

文晨听着招英一个劲地絮叨，无奈地开口道："招英啊，你能不能消停一下，安静一会儿呢？我耳朵边尽是你叽叽喳喳的声音，头都大了。"

只可惜，此时的文晨身不能动，头不能转，只能通过镜子看到招英在她身后，冲她吐了吐舌头，扮了个鬼脸。

"好了，快去换衣服吧。高级手工定制婚纱，连衣服上的每一粒珠子都是手工缝制的，宝贝，快去试衣间换上吧。"首席化妆师翘着兰花指，把衣服塞到文晨怀里。其实文晨很想知道，化妆师都是这么娘吗？被他叫一声宝贝，她感觉全身都起鸡皮疙瘩了。

这套婚纱很合身，层层叠叠的白色轻纱包裹着文晨的身体，就像是为她量身定制的一样。婚纱上的每一片蕾丝，每一粒珠子都彰显着它的圣洁与纯美。

文晨摸着婚纱上细致精巧、绵绵密密的珠绣，不由得感叹，怪不得那么多人说女人这辈子一定要穿一次婚纱。

"晨晨啊，好了没，快点儿啊！我已经迫不及待要看看你当新娘的样子了。"

听到招英在外面催促，文晨打开了一条门缝，露出半个脑袋。她看了看在化妆间等着的众人，心生胆怯。

"你别磨磨蹭蹭的,快出来呀。"招英催促。

"我……"

"我什么我,快点儿出来啊!不仅我们等急了,外面的摄影组也等很久了。"

文晨在试衣间深吸了一口气,微微镇定后才把门打开。可最先映入眼帘的就是众人或是惊艳、或是冷漠的表情,还有首席化妆师的谜之微笑和招英那夸张的目瞪口呆。

"怎样?"文晨惴惴不安地问道。

招英慢慢收回她那夸张的表情,咽了咽口水。文晨倒是被招英这浮夸的动作给逗笑了,抿嘴叉腰站在那里,眉眼间都是笑意。

招英说:"真是太漂亮了,那话怎么说来着?晨晨,就是那个淡妆浓抹总相宜!"

首席化妆师翘着兰花指说:"我对我今天化的妆容很满意。"

周围的工作人员也面带笑意,时不时地点评两句,直到有人说了句"老板来了",大家才纷纷散开。

文晨抬头望去,就看到了靠在门边的韩季星,她不知道他在那里站了多久。

韩季星在草坪上久等文晨不来,看了看腕表,便决定主动去化妆间催一催。

他内心有一种期待推动着他向那间化妆间走去，刚站在化妆间门口，就看见文晨穿着纯白淡雅的及地婚纱小心翼翼地走出来。

　　而这一幕的惊艳，让韩季星直到很多年以后，也无法忘记。

　　她盘着复杂的发髻，眉眼带笑，纤细凝白的脖颈一览无余，她肩线流畅，精致的锁骨突出，与她穿的那套裹胸露肩婚纱完美相配，就像是从云端落下来的美人。

　　在韩季星倚门欣赏佳人之际，佳人也正好转过头望向了他。

　　那一瞬间，韩季星的头脑一片空白，想起一句话：一顾倾人城，再顾倾人国。

　　他定了定神，开口说："等你们很久了。"

　　首席化妆师还是翘着他那兰花指，声音尖细："哎呀，让 Boss 亲自来接真是不好意思，妆早就化好了，就是这姑娘换衣服太磨蹭了。"

　　"弄好了就快过去吧，别耽误时间了。"

　　文晨点点头，用手托起裙摆，往外走。

　　招英在后边喊："我来帮你。"然后和两人一起去了拍摄地点。

　　一路上，韩季星偷偷看了文晨好几次。文晨似是有所察觉，偏头望去，正好对上了韩季星投来的目光。

　　韩季星像是被人发现了秘密一般，有些慌张地转过头去。可几秒后，他又悄悄地靠了过来，用只有两人才听得清的声音说道："很漂亮。"

"啊，你说什么？"

"我说这套婚纱很适合你。"

"我不太喜欢露肩的。"

"是怕挂不住吗？"韩季星调侃道。

文晨给了他一个白眼，不再理会他。倒是招英凑上来，见缝插针地插了一句话："没有啊，我觉得晨晨的大小挺好啊。"

文晨无语，这回连白眼都懒得翻了。

拍摄地点有人等候已久了。

祝柏扬朝走来的人吹了一声口哨，待文晨走近，又上上下下地打量了她一番。

"不错啊，韩少爷，有眼光。"

韩季星对他的称赞有些不屑："那是当然，我对自己眼光一向很有自信。"

"别啰唆了，快点儿开工吧。"

"今天我来掌镜怎么样？"韩季星看向文晨。

"不怎么样。"文晨回答。

韩季星反倒笑了，对她说："今天还真是我掌镜。"

可事实上，掌镜的不是韩季星。虽然韩季星确实想亲自拍摄，但是祝柏扬硬是不同意，叫嚷着我付了最高的价格给你，你理应给我请最好的摄影师。"

顾客就是上帝,顾客死活不愿意,韩季星也没办法。

模特的工作看起来很轻松,实际却很辛苦。文晨要按照摄影师的要求去调整自己的肢体动作、面部表情,甚至还需要去控制自己的情绪。专业模特尚且费力,更何况文晨。

所以,当文晨疲惫不堪的时候,想着要是韩季星掌镜就好了,至少应该没有其他摄影师那么严格。

她拍了很久都没能让摄影师满意,看着眼前的摄影师脸色一点点沉下去,她想果然天下没有免费的午餐,你得到多少回报,就要付出多少辛苦。

摄影师无可奈何,终于宣布大家休息一会儿再继续拍摄。

文晨独自坐在那里,说要给她当助理的招英却不知道跑哪里去了。韩季星从背后递给她一听可乐。

"谢谢。"文晨接过可乐。

"很辛苦吧,那个摄影师是我们庄园名气最大也是最牛的一位,因此他的要求也是最多的。"

"是有点儿辛苦,但是谁叫我拿了超过市场平均价的酬劳呢,辛苦点儿也是应该的。"文晨喝了一口可乐,韩季星在把可乐递给她之前已经把它打开了,因为怕口红脱落他还特意插了一根吸管。

"你知道吗?这个摄影师超级严格,有一次他给一对小夫妻拍婚纱照，新娘硬生生地被他说哭了。"

"他那么对待顾客的？"

"但是他拍出来的成果好，没有顾客不满意的，婚纱照代表着最幸福的时刻，谁都想要最完美的照片。"

"看来这位摄影师挺有性格的。"

"拍婚纱照跟拍别的不一样，需要投入更多的情感。更何况这次是你一个人的独角戏，并没有男伴，所以你会更辛苦。你又不是专业模特，不要太为难自己，做不到就说出来。"

"嗯嗯，我心里清楚的，谢谢你的宽慰，话说你真的也是摄影师吗？"文晨问韩季星。

"算是吧，不过我是半路出家，暂时还算业余的。好了，我还有些事要过去商量一下，你在这儿好好休息会儿。如果在拍摄过程中太辛苦了，就告诉身边的工作人员。"

说完这句话，韩季星就起身走去摄影师那里，文晨看见他低头和摄影师说话，摄影师还往她这边瞧了两眼。

招英趁着文晨拍摄的空当，自己悄悄地去庄园的其他各处闲逛参观起来。她本以为这园子不大，随意走上两圈就行，却不料越走越远。

"这园子也在四环内，没想到占地面积竟然有这么大，真是资本家啊！"招英小声说道。

恍然间，她觉得好像看见了宋民佑的背影，走近一看，果然是宋民佑，她拍了一下宋民佑的肩膀。

"宋民佑，你怎么在这里？"

宋民佑看见招英也是一副不可思议的表情："这边有人想跟我签约，让我当他们的专职摄影师。"

"那你签了没？"

"我想了想还是拒绝了，我觉得还是当一个自由摄影师比较好。"

招英点头同意："我也这么觉得，我觉得你还是不要被这些资本家剥削比较好。"

"那你呢，你为什么也在这儿？你要结婚了？"

"我来陪晨晨啊！"

宋民佑大惊："文晨她要结婚了？"

"什么呀，不是。"

招英向宋民佑简单交代了一下原委，两个人便一齐去找文晨。

两人来到文晨拍摄地时，拍摄已经进行了一大半。摄影师对她的态度转变很多，已经不像之前那么严厉了，偶尔还会停下来指导她怎么去试着放松。文晨也渐入佳境，出片率也是越来越高。

招英和宋民佑站在一起，招英指了指韩季星道："就是那个人，婚纱庄园的少爷——韩季星。"

远处的韩季星站在阴影里，五官有些模糊不清，他时不时地跟身边的人进行交流，但是更多的时候，是把目光投掷在文晨身上。宋民佑虽然看不清楚韩季星的表情，却也能看见韩季星的目光一直在追随着文晨，他的心中一紧，瞳孔不禁缩了缩。

离开的时候，韩季星把文晨一行人送到门口。

韩季星说："我开车送你们回去吧。"

文晨答："不用了，谢谢，恰巧我朋友也在这里，他今天开车过来的。"

招英也接口道："韩少爷，不麻烦你了，你只需要按时把钱汇过来就可以啦。"

倒是宋民佑一直没有开口说话，转身就去取车。

韩季星眼睁睁地看着文晨坐上汽车，然后扬长而去，只留给他一管汽车尾气。

"人都走了，韩少爷，你就不要看了，你就是看穿了人也不会回来的。"跟着过来的祝柏扬拍了拍他的肩膀。

"走，请我吃饭去。"

"为什么？"

"因为我今天一直帮你在当监工。"

"你这哪儿是帮我监工，你这明明是醉翁之意不在酒。今天一个下午我算是看出来了,原来从找模特开始你就是藏有私心。"祝柏扬一语道破天机。

"少废话,我要吃澳洲龙虾。"

早已乘车远去的文晨,因为疲倦席卷全身,上车没多久就头靠车窗睡着了。她迷迷糊糊地做了一个梦,梦境里的画面并不连贯,支离破碎,她梦到那张名片完整无缺地躺在她的抽屉里。她考虑再三后,拨过去却只有一个冰冷的女声告诉她:"对不起,您拨的电话是空号。"

招英看到文晨熟睡后,小心翼翼地把她的头靠到自己肩膀上。她能听到文晨轻浅的呼吸声,也能看清文晨微皱的眉头,然后伸手为文晨轻轻地抚平。

自上次婚纱封面照拍摄成功后,文晨与韩季星没有再相见了。

一想到此处,文晨心中不免有些许不易察觉的失落。不过,韩季星倒是提前发了几张还没有进行后期处理的照片给她。她一张一张地浏览那些照片,有点儿不敢相信照片里面的是自己,她打心眼里佩服那个既严肃又严格的摄影师。

两人不再有交集的日子平静得像一碗水,波澜不惊。

只是现在,困扰她的除了韩季星,还有一件更为严峻的事情。那就是她月底算账的时候,发现工作室差点儿入不敷出了,这对她来说简直是一个噩耗。

其实，每天待在工作室的她能明显感觉到光顾的人不少，可是真正出钱购买的人却不多，工作室的情况越加萧条，她又没有什么好法子改变这种情况，导致她每日都食不下咽。

招英还兴奋地告诉文晨，她的电台节目效果很好，上头领导很满意，本来有两个主持人的电台节目现在全移交给她一个人做，还给她涨了工资。

宋民佑也接到一笔酬劳丰厚的单子，一个旅游网站的记者请他去跟拍一组旅行照片，付的酬劳不仅多，还能免费出国游，如今，他已经出国好几天了。

三者对比之下，文晨的眉头是一天比一天皱得紧。

有一天，招英在察觉出文晨不对劲后，拉着她坐在沙发上，关心地问："晨晨，你最近怎么了？是不是遇到什么麻烦了？"

"没，没有。"

"怎么没有，我看你整天愁眉不展的样子，眉头都皱成一座山了。"招英见文晨不说话，继续说，"你有什么麻烦要说出来啊，我可以和你一起解决，就算解决不了，也可以帮你出出主意嘛。"

"其实真的没有什么特别大的麻烦，就是'小溪'最近经营得不怎么好，资金周转不过来，所以作者们都不愿意提供作品了。顾客因此越来越少，资金就更紧缺了，目前已经渐渐形成恶性循环了。

你和宋民佑毕竟也是'小溪'的投资人，它被我搞成这个样子，我很过意不去。"文晨把压在心底的心事告诉了招英。

"嗨，我以为是什么要紧的事呢，这也不能怪你啊。我在电台听说最近大家好像都这样，经营惨淡，小公司效益不好什么的，这也没什么奇怪的。"招英安慰她说。

"那你主意多，你快帮我想想该怎么做才能应对这种情况？"

招英打趣她："找韩家少爷帮忙啊！"

文晨一时语塞，心里一紧说："你别开玩笑了，是你说要帮我出主意的，现在又来逗我。"

"好了，好了，我在想呢。晨晨，你愿不愿意开个授课班暂缓燃眉之急啊？教小孩子基本画工的那种。"

"在'小溪'吗？"

"是啊，虽然说'小溪'不大，但也不小，容纳三四个小朋友应该是可以的吧，你可以教他们画画，客人来了也可以去招待他们。"

文晨想起她刚大学毕业那会儿，还去绘画培训学校当了两个月的实习老师，她负责教授一群三年级的小学生。实习期满时，因为怕舍不得这群孩子，她还是偷偷离开的。她觉得自己很喜欢和小朋友相处，她喜欢那一张张纯洁无邪的面容，也喜欢他们那无拘无束的想象力。

"我觉得这个办法可行，可是怎么招人呢？"

"我告诉你，你的好姐妹我呀，现在可是电台红人，我帮你在我的节目上宣传宣传，打打广告，准没问题。"

"那你的领导会同意吗？"

"就说帮我好姐妹的忙，我表现得那么好，上头肯定会同意的。"

"那我也去贴个招生启事在'小溪'门口。"

第七章

你有没有偶尔想起我？

"小溪"开设绘画班的事，经招英在电台节目上一宣传，两天内，就有人找过来了。不少家长说要把孩子送到这里来学画画，可真正报名的人却只有两个。但是，让文晨意外的是她又看到了韩季星。这次，他带着一个看起来不过六七岁、一脸不高兴的小男孩儿，走进了"小溪"。

"你怎么来了？"

"我来报名。"韩季星朝她笑笑。

"报名？你也知道我开绘画班了？"

"我消息来源很广的。"他挑了挑眉，小男孩儿倒是在旁边冷哼了一声。

两天前，在一个名叫"Star Dust"酒吧内。

祝柏扬因为自己的时尚杂志首刊告捷，到处呼朋唤友喝酒玩乐，韩季星自然也是其中一员。在 SD 酒吧右侧的第二间卡座，里面已经围坐了一圈，男男女女，欢声笑语，不用朝那里看，光听声音，就知道里面的人正玩得不亦乐乎。

祝柏扬面色潮红，很是开心，一个人叫嚷着要喝翻全场。

"祝柏扬，你今天咋这么嗨呢？"

"那是，本少爷我好不容易干点儿实事出来，能不高兴嘛。"

"哟，祝少爷也知道自己平时不务正业了，总算有点儿觉悟，打算在时尚圈干一番大事业了。"在座有人调笑道。

"去去去，少在这儿调侃你祝大爷，我知道你这是在羡慕我，羡慕我比你有能耐。"祝柏扬说完就把杯子里剩下的威士忌一饮而尽，坐在一旁的围观群众纷纷鼓掌。

"祝大爷，要是你那杂志卖不出去怎么办？"一人接话道。

"怎么可能？卖不出去我就把它们全都吃了。"祝柏扬放出狠话，引得看热闹的人纷纷表示要把这句话录下来，坐等祝柏扬吃杂志。

"你们也不看看我对这杂志下了多大的血本，我要是路人光看封面我都要买十本回去收着。"

"那倒是，我看了杂志的样刊，那封面可真是做得美啊！美人、美景、后期处理都是一流的，就冲这封面我也会买一期的。"

"那不是得谢谢我们韩少爷帮忙嘛，模特是他找的，片子也是他找人拍的。"

在一旁坐着低调喝可乐的韩季星，听完祝柏扬说的话，抬眼看了他一眼，淡淡地回了一句："我可没有帮你的忙，你可是要全额付工钱的。"

"嘿，你这小子，今天把你叫过来，酒也不喝，你老婆都喝了，你却跟个姑娘一样在那里喝可乐，你还好意思说话。"

听到"老婆"两个字，韩季星的眼皮跳了跳，却还是淡定地开口："我今天开车。"

一直坐在他旁边的唐家莉刚开始时还跟着人群起哄，摇骰子跟人拼酒，现在已经双手捂着胃一言不发地靠坐在沙发上了。酒吧五光十色的光线摇曳着，洒在她脸上，脸色苍白，冷汗涔涔。

韩季察觉出了她的不对劲，侧过头来问她："你怎么了？"

"喝酒喝急了，感觉胃有点儿不太舒服。"

"那你要不要先回去休息？"

"没事，我还撑得住，不能扫大家的兴。"

可越来越难受的唐家莉在坚持了一会儿后，终究还是挺不住了，起身告诉大家她身体不舒服，要先撤了。聚会的发起人祝柏扬正跟人吹瓶子喝得起兴，也没空搭理唐家莉，摆了摆手示意后，唐家莉就捂着肚子离开了。

韩季星坐在沙发上想了好几秒，然后还是起身拿起外套追了上去。

"莉莉，我送送你吧。"

两人身上的酒精味弥漫在车内，唐家莉坐在后座，从昏暗嘈杂、空气混浊的酒吧出来后，她的脸色明显好了很多。

韩季星在前边安静地开着车，唐家莉闭着眼睛安静地坐在后座，两个人都沉默不语，气氛就像一直沉溺在水中，只剩一股欲说还休的情绪在心中暗涌。

"韩季星，你今天没喝酒？"良久，唐家莉终于开口。

"嗯，我只喝了点儿可乐。"

"你知道吗？我有个朋友也是这样，每次聚会别人喝酒她就喝可乐，你上次见过的。"

这时，一辆黑色小轿车突然从右边一个路口蹿了出来，韩季星猛踩一脚急刹车，车内的两个人都向前晃了晃。再开车时，他也没有顺着这个话题说下去，车内又恢复平静。

安静了好一会儿后，唐家莉开口道："为什么不说话？因为不想和我说话吗？"

"没有，你想太多了。"前方车辆狭长明亮的尾灯光线，刺得韩季星眼睛有些发疼。

"我觉得我名义上是你的未婚妻,可是你对我跟普通朋友没有两样,甚至还有些刻意疏离。"唐家莉的语气带着失落。

韩季星注视着前方,心里升出一股对唐家莉的愧疚。他心里明白那场订婚仪式太草率了,可是如果没有那场订婚,他又怎么能和文晨再次相遇呢?也许这个世界真是个圆形,兜兜转转,迂迂回回,什么样的因结什么样的果。

"车内太安静了,安静得我有点儿受不了。"

太过于安静的环境让唐家莉无所适从,狭小的车内空间,就像是一个不规则的碗,束缚了她的身躯,把她笼罩在其中,让她无所遁形。她想试着去找些热闹的烟火气息打破这安静冗长的氛围,来掩盖她此时的不知所措。

"我车里没有歌碟。"

"那听听电台广播吧。"

韩季星点点头,打开车载电台。一个温润婉转的声音在车内响起,像是一汪清泉缓缓流动。韩季星只听了一句就辨认出这声音的主人是谁了,是那天陪在文晨身边的女孩儿。虽然她此时说话的方式和平时不同,但音色倒是没有变化。

他心中生出了一点儿兴趣,停下了欲换台的手指。

他想,了解她身边的人,应该就可以能更加了解她吧。

"是一场暴雨、一盏灯,把我们联系在了一起;是另一场风暴、一盏灯，使我们再分东西。不怕天涯海角，岂在朝朝夕夕。你在我的航程上，我在你的视线里。

"好了，诗也已经读完了，今天的节目就到这里了。在和大家说再见之前，我想在这里帮我闺蜜一个小小的忙，她在紫薇路上开了一家名为'小溪'的艺术工作室，现在想要开一个绘画班，招收的学员是正在读小学一到三年级的小朋友，大家如果有兴趣的话可以去了解一下哦。好了，今天的节目就到这里了，我们下期再见，祝各位听众今夜好眠。"

韩季星听着电台悠扬的结尾曲，心中有些遗憾。

有些事，有时候就是这么不凑巧。他刚打开这个节目，节目就已经要按时跟观众说再见了。

就像茫茫人海中，遇见某个人也会不凑巧，才刚遇见那个人转眼却要说再见了。

韩季星有时候觉得时间过得太慢，有时候又觉得时间过得太快。其实时间哪有什么快和慢，它一直以自己的节奏稳定地行走着，哪里顾得上众生万象的心思。

想到这儿，一种叫作怅惘的情绪在韩季星心中冉冉而生，还夹杂着些许庆幸，至少在刚刚那短暂的时间里，他获得了还算是有用的消息。

昨天，晚上七点，韩家。

韩季星坐在沙发上，在换了好几次姿势后，终于找到一个合适的姿势，不光可以让自己更加舒服，也完全看不到坐在自己后方、面露凶相、目光凶狠的韩朗星。

他舒服地叹了一口气，拿着电视遥器控，漫无目的地换台，在换了两轮以后，他还是忍不住笑出了声。

"哎，你别用这种恶狠狠的眼神看着你哥好不好，好歹我是你哥，你给点儿尊重行不行。"

"那你把我的酸奶给吐出来。"七岁的小朗星声音稚嫩，韩季星却仍能听出他的满腔怨气，只可惜这怨气因为他太过于幼小的年龄，对他哥哥韩季星而言没有丝毫威胁作用。

"我是你哥，喝你一杯酸奶怎么了？没良心的小东西。"

"你就是故意的，我不喝你也不喝，等我从冰箱里拿出来，你就抢走了！我要告诉我妈。"韩朗星朝他哥扔了一个枕头，韩季星连看都不看，微微偏头就轻而易举地躲过了袭击。

"那你就去告诉你妈，我无所谓。"韩季星对于这个威胁嗤之以鼻，不再理会坐在那里生他气却又拿他无可奈何的小朗星。

下班回家的冯青娅开门后，才站在玄关门口，就感觉到屋内的气氛有点儿不对劲。她步入客厅，看见她的小儿子气鼓鼓地坐在沙发上，眼睛恶狠狠地瞪着躺在长沙发上的哥哥。

"妈，韩季星抢我酸奶。"愤怒的小朗星终于出声，他平日里都是叫韩季星哥哥的，只有在愤怒的时候才会直呼韩季星的名字。

"不就是一杯酸奶嘛，你别气，明天妈妈去超市给你买。"

躺在沙发上的韩季星并没有理会这对母子，他拿着手机继续沉浸在他的手游当中。

"可是，那是我最喜欢的酸奶，他偏偏抢走了。"小朗星嘟着嘴，仍在小声抱怨。

"季星，你为什么要跟朗星抢酸奶啊？你也是这么大一个人了。"冯青娅问躺在沙发上头也不抬的韩季星。

"我喜欢，所以就抢了你儿子的咯。"他的头依旧不曾抬起。

早就习惯了韩季星这副态度的冯青娅倒也不恼，她也不再象征性地质问韩季星，而是牵着小朗星坐到沙发上，拿着遥控器把电视频道调到少儿频道。

游戏通关了的韩季星终于抬起了头，把视线投掷于那对母子身上，他把心中的计划在头脑中转了转，想了想该怎么开口，然后道："你不是要给朗星报一个特长班吗？"

"是啊，一直找不到什么合适的地方。"

"我有朋友开了一家画室，现在正在招生。"

"在哪里？"

"在紫薇路。"

"那太远了，我要上班，来不及去接他。"

"我可以负责去接他。"

因为长时间地相处，冯青娅很了解韩季星的脾性，以韩季星对她的态度，这么好声好气地跟她商量这个事，算是有求于她了吧。她与眼前这个继子素来不和，既然他肯放下身段来求她，她顺水推舟地送个人情又何乐而不为呢。

"那也行，反正朗星是要找老师的，我本想请个私人老师来家里教他画画。"

"我不要。"坐在妈妈身上的韩朗星眼睛虽然注视着电视，耳朵却在专心致志地听着妈妈和哥哥的谈话。在听到妈妈松口同意哥哥的提议后，他终于忍不住插嘴了。

"为什么不要？你不是说很想学画画吗？"

"我想学画画，可是我不想跑那么远，妈妈，我好累的。"韩朗星抱住妈妈，在她的怀里撒娇。

"你哥我每天开车接送你还不行？"

韩季星把小朗星从他妈妈的怀里拽起来，拉到自己的跟前。他坐在沙发上，小朗星站着，两兄弟此时的高度相差不了多少，他们就这样大眼瞪小眼地对视了几秒。然后，韩季星看见小朗星的眼睛里闪过一丝狡黠，随即小朗星龇牙咧嘴地笑了，这让韩季星心中顿感一丝不安。

韩朗星说:"除非,你现在帮我去买酸奶。"

果然!

韩季星耐着性子跟弟弟说:"现在天都黑了,明天哥哥再帮你买吧,行不?"

"哥哥,我也不为难你,明天买也行,但是现在你必须为刚才抢我酸奶那件事道歉,不然我就不去,我让妈妈给我请老师到家里来。"

此时此刻的韩季星突然有一种冲动,他想把眼前这个弟弟放厕所里关上几个小时,谁来劝都没用!可是这弟弟跟他虽不是一母同胞,脾性倒是一模一样,典型的吃软不吃硬。要是真把他关了,自己的企图就泡汤了。

韩季星咬了咬牙,倒吸口气,老老实实地说了一句:"韩朗星,对不起,我不应该抢你的酸奶,你就原谅哥哥吧。"

韩朗星听他哥哥说完,哈哈大笑,整个客厅都回荡着他的笑声。

冯青娅看着眼前这两个儿子,也笑了起来。虽然韩季星与她的关系不怎么好,但和她儿子韩朗星相处得却也算不错。

年纪轻轻就失去丈夫的她看着这一大一小的两个人,从吵架、斗嘴、抢酸奶到斗智斗勇再和解,心里感到些许的安慰。

韩季星看着得意扬扬的弟弟,觉得他神情太过于刺眼,笑声太过于刺耳,便起身走到窗台边,想抽一根香烟,平复一下心情。可他看了看正在那里看动画片的弟弟，最后又把从裤口袋里掏出来的香烟重新塞了回去。

他打开窗户，晚风掀起一旁的窗帘，灌进他的白色衬衫内，轻触他的皮肤，却不寒冷。他把目光投向远方，30楼的高度足以让他俯瞰周边繁华的夜景。

霓虹灯接管了黑夜，让夜晚变得五光十色，他的视线跟着橙黄路灯下的车流飘向了远方，仿佛在看与他相隔很远的某一处角落。

文晨颇为诧异地看着站在店里的一大一小，大的一脸笑意，小的一脸冷漠。

"我消息来源很广的。"

"你还真是厉害！"文晨扯了扯嘴角，对这个答案表示不屑。

"那你倒是接收不接收啊？"

"收，当然收，我开班哪有不收的道理？"她俯下身望着韩季星身边的小男孩儿，"你叫什么名字啊？"

"韩朗星。"小朗星歪着头问文晨，"我可以去看看店里的那些东西吗？"

"当然可以啊，不过你得轻拿轻放，那些还没有裱好的画看看就好，不要去触碰。"

韩季星想伸手去抓弟弟，不让韩朗星乱走乱动，韩朗星却还是跑了。小朗星就像打开了一扇艺术的大门,对店里的任何东西都充满了好奇。他小小的脸上写满了惊奇,发出一声声的"哇"来表示赞叹,这让文晨很有满足感了。

"臭小子,你别乱碰乱摸,弄坏了是要你赔的。"

"无所谓,反正你有钱。"小朗星回答得铿锵有力,丝毫不在意背后哥哥的反应。

文晨笑了:"对啊,反正你有钱赔。"

再次见到韩季星的喜悦,让她连日来的惨淡愁云一扫而空。

韩季星闻声望向她,看见她今日穿着一条白色的连衣裙,上面大片大片的黄色雏菊,肆意地在她身上生长,在她灿烂的笑容下,绽放得更加热烈了,就连最细小的花苞好像也要盛开了。

韩季星发自内心地笑了,虽然他也不知道自己为何而开心,但是看着眼前这个面容干净、笑得灿烂的人,他的心情也跟着愉悦起来。

他看到了画板上还只有寥寥几笔的画,问道:"这是在画什么?"

"我也不知道想画什么,只是脑子里有些模模糊糊抓不住的东西,因为怕忘记,所以才把它们画下来。"

"总有点儿印象什么的吧?"

"不知道,脑子里一片混乱,就像坏掉的老电视,画面是有,更多的却是大片雪花。"

"好吧,那你就别想那么多了。你近来还好吗?有没有……"

想起我？

"最近的经济状况好像都不太景气，所以工作室的效益也不怎么样。为了维持工作室的基本运营，招英建议我开一个绘画班试试，我就试试咯，对了，你刚刚说有没有什么？"

"这个，就是有没有……"

"姐姐，我可以要这个吗？"小朗星打断了两人的谈话，他伸出手，把手里握着东西给文晨看，是一只瓷制兔子，兔子通体雪白，只有眼睛点缀着朱红，看上去栩栩如生。

"可以啊，叫你哥哥买单就可以了。"文晨向小朗星使了使眼色。

韩季星冷哼一声："你喜欢你自己买。"

韩朗星不以为然，淡定地说"那我摔啦，反正我没钱买也没钱赔，就留在这儿等我妈过来救我好了。"

韩季星揉了揉眉心，对这个弟弟颇感无奈，只好说："要我付钱也可以，但这就算是我买的了，你要这个的话叫你妈把钱给我，而且你要答应我，以后乖乖来上课。"

出乎韩季星意料的是，韩朗星很爽快地就答应了。他一来这里，就爱上了"小溪"以及"小溪"里陈列的艺术品。

白瓷兔子被韩季星买了下来，报名一事也进行得顺顺利利。

只是"有没有想我"这个话题，最后在小朗星的嚷嚷声中跳了过去。

韩朗星临走时，还目不转睛地盯着那只已经包装好、被韩季星提在手里的兔子，好像能透过纸袋望到那只兔子一样。

文晨送两兄弟出了店门，韩季星往前走了几步，复又折返，留下韩朗星在原地等他。

他居高临下地看了文晨几秒，随后倾身到她左耳边，嘴巴一张一合，温热的气息洒在了她的脖颈上。

"你有没有偶尔想起我？"

文晨的脸倏地一红，紧接着耳根也红了。

罪魁祸首却是温和一笑，然后潇洒转身，背对着她挥了挥手，头也不回地走了。

第八章

最美不是下雨天

　　"小溪"最后招了五个学生，包括韩朗星在内，一共三个小男孩儿、两个小女孩儿。巧合的是，其中竟然有韩朗星的同班同学，不过韩朗星对这位同学倒是不屑一顾，用他的话来说就是，他是我的死对头。从校内学习到校外学画能一直在一起，就算是死对头，也是一种缘分。

　　而两个小女孩儿是一对双胞胎，长得几乎一模一样，连换牙的位置都一样，只是姐姐的鼻尖处有一颗小小的痣。

　　韩季星真的实现了他对韩朗星的承诺，每次上下课都亲自来接送韩朗星，而且，还会带两杯酸奶，一杯给弟弟，一杯给文晨。

　　"其实你没有必要次次也给我带的。"文晨接过韩季星递来的酸奶说。

"喝酸奶比起喝可乐，更加健康。"韩季星一脸理所应当。

两个人就像约定好一样，谁也没有再提起那句"你有没有偶尔想起我"。

前几次见面时，文晨还会觉得尴尬，看到韩季星就会想起他伏在耳边说的那句话。可是后来见面的次数多了，看见韩季星跟平常无异，她也就不再想那么多了。

现在，每周两个人都能见很多次面，有时候一句话都不说，有时候就简单地互相点头示意一下，有时候会聊聊当日发生的趣事，早晨道好，中午说再见。彼此都有一种不用言说的默契。

韩朗星是一个极有艺术天赋的孩子，简单的线条描绘、基础构图，他总是五个人中最快掌握的那一个。

下暴雨的那天，文晨教他们画静物素描，画的是一盘苹果。韩朗星一如既往地是第一个完成的，他举高了手，示意文晨走到他的身边来。

"画得很棒。"文晨摸了摸他翘起的头发，试图把这束不规矩的头发理顺。

"文姐姐，那你今天可以帮我问问哥哥，那只兔子他可以还给我了吗？"

那只白瓷兔子，被韩季星掏钱买下来后，一直没有给小朗星。

刚开始小朗星每天都求着哥哥把瓷兔送给他，韩季星就对他说："让你妈把钱给我，把这个买了。"

小朗星去找妈妈，冯青娅又对他说："等这次期中考试，你考了全班前三名，我就给你买下它，东西呢就先放你哥哥那儿收着。"

自此以后，小朗星不知道为什么，便把所有希望都寄托在了文晨身上。只要是上课，他每次都会问文晨："文姐姐，你能帮我跟我哥哥说一下吗？"

"你哥哥不给你，我也没有办法。"

这时，韩朗星的死对头也举手示意自己画好了。文晨走过去看了看，也开口表扬他："郑小南同学也画得非常棒。"

韩朗星在一边冷哼了一句，以此表示他的不屑。

天空中乌云密布，天色渐沉，很明显在不久之后会有一场大雨来洗涮这座城市的灰尘。

眼见就要下雨，文晨便提前下了课："还没有画完的同学记得回家再画吧，马上就要下雨了，没有带伞的小朋友可以先借文老师的伞。"

一个个小不点儿站在门口，举着伞，挨个儿挥手跟文晨说再见。除了韩朗星，还坐在画室的高脚凳上，晃荡着双腿，等他的哥哥。

"朗星，要是你哥哥今天不来接你怎么办？"文晨也搬了张凳子坐到他旁边。

"不可能，他怎么敢不来？"韩朗星听完文晨说的话，立马就否定了。

"可是外面好像要下大雨了。你看！"

"反正他会来接我的，他不来我就告诉我妈。"

文晨在他们两兄弟的口中从来都只听到我妈和你妈这样的称呼，只要稍加思考，就知道两兄弟肯定不是一个母亲所生。可是让文晨困惑的是，她从来不见两人提及过他们的父亲。

"那老师问你哦，你爸爸呢？"

小朗星的眉头皱了皱，双腿虚空地踢了一下空气，犹豫了一会儿，似乎在想要怎么开口。

"我爸爸不在了。嗯，在我很小的时候就不在了，我都不知道他长什么样，只能在照片里看到他。"

虽然说着一件悲伤的事，但小朗星的脸上却看不出浓郁的忧伤，大概是因为年龄太小，所以很多事情对他来说影响还不够深刻。

文晨后悔自己问了这么一个愚蠢的问题："对不起啊，老师不应该问你这个问题的。"

"那想要我原谅你的话，文姐姐帮我把那只兔子找我哥哥要回来好不好？"韩朗星看着文晨，眼睛里好像隐藏着星星。他的眼睛和他哥哥很像，总是让人感觉很明亮，带着不容抵抗的诱惑力，想必他们的爸爸也是这样的。

"那我试试吧。"

时间虽还是中午,但是外面天色一片昏暗,就像一张被浓墨浸染的宣纸,大量的水分子蓄积在云层之中,使得那大片大片的乌云似要坠落下来一般。天空在呜咽,狂风在怒号,一场大雨即将倾盆而下。

此时,马路上已难以发现行人的踪影了,只是如若沿着马路看过去,就会发现在路尽头的拐角处出现了一辆白色小轿车。它停靠在离"小溪"最近的一个停车位,从车上下来一个熟悉的身影,正是韩季星。

韩季星还未推开门,韩朗星就离开凳子,把他拉了进来。

韩朗星质问他:"你怎么这么晚才过来?"

"我有事去了啊,我也要工作的好不好。"

"你有什么工作,妈妈说你整日在外面正经事不做,对,妈妈就是说你不务正业。"

"我每天干什么还要跟你打报告?不知好歹的东西,早知道我就不过来接你了。"

"哼,你以为这话能吓到我吗?我倒是希望让你不来,这样我就跟着文姐姐回家去,反正文姐姐肯定愿意把我带回去的,你舍得不来吗?"

"你……"

轰隆隆的雷声响起，打断了兄弟俩的斗嘴，把韩季星的最后一句话隐没在雷声中。三声巨雷响过以后，雨水终于从天而降。

　　这场暴雨似乎带着无数路人的愁与怨，还有满腹的牢骚，倾泻而下。

　　因为暴雨的缘故，韩季星没有马上离开，他在"小溪"里逗留了半个小时。韩朗星坐在店里用韩季星的手机在玩网游，而韩季星正和店主人站在门口，看门外如注的暴雨。

　　"你知道吗，文晨，我从十四岁开始就讨厌下雨天，因为我妈妈就是在一个下雨天离开我的。"韩季星望着门外的大雨，眼神晦暗不明，"那天，妈妈把我送到楼下，她看着外面下雨，就叫我站在原地，她上去给我拿伞。等她再下楼时，我已经不在原地了，她没有看到我就以为我走了。其实我没走，那天我不知道哪里来的直觉，总觉得妈妈要走了，所以没有去上学。我躲在一个角落里，任由雨滴在天空中飘呀飘，然后落在我身上，将前一天妈妈熨烫好的校服浸湿。"

　　文晨在一旁静静地听着，没有说话。她的脑海中涌动着千万种思绪，最后想起了招英曾在电台里读过的一句话——

　　在雨天，不仅天空在倾诉，人也更容易倾诉。倾诉是人的天性，但倾听，有时却是一道炼心的难题。

　　"大概在我等了一个小时后，我真的看到妈妈提着她常提的那个红色行李箱走了出来，她上了一辆黑色的轿车，我想开口叫她，却发现我根本出不了声。原来从看着妈妈转身上楼那刻开始，我就一直在哭泣，只是，一开始我还分不清那到底是雨水还是泪水。

"很讨厌雨天，在我心中它就象征着别离，一看到它我就想起妈妈离开的那天。可是，人却是一个矛盾体，我现在又觉得雨天很好，因为它把我留在了这里，至少给了我时间跟你并肩说会儿话。"

一连串一连串的话语穿过文晨的耳膜，进入她的大脑，可最后一句话竟让她一时反应不过来。

她想问问这是什么意思，可无数的字词在她的脑海中翻涌，她却始终找不到合适的字词来组成完整的话语，她张了张口，最终无言。

"我说了那么多，你难道没有什么想对我说的吗？"韩季星语气平静地问她。

文晨想了想道："如果我难过的时候，天空在下雨，我会觉得连老天爷都在为我悲哀；如果我开心的时候，天空在下雨，我会觉得我的心里在放晴。所以你知道吗？在我看来不是下雨的问题，而是你的心境，只有自己才能决定这场雨的是悲伤的还是快乐的。你说你喜欢现在这场暴雨，至少说明你不再耿耿于怀你妈妈的离开，不再纠结于那个悲伤的记忆。"

"我很庆幸也很高兴，你能告诉我你从前的事，我想去安慰你，可转念一想又觉得你其实并不需要我的安慰。或许十四岁的你需要，但是现在的你肯定不需要了。在你说话的时候,我的脑海在那片刻间想了千百种语言,最终却觉得倾听就是最好的无声表达。"

这个季节的暴雨总是一阵一阵的,没过多久,就变成了绵绵细雨。

韩季星叹了口气,轻声道:"周杰伦有句歌词说,最美的不是下雨天,而是和你一起躲过雨的屋檐。你觉得呢,文晨。"

"我觉得歌词很美。"

她给了他一个暧昧且模糊的回答,他也没有刨根究底地继续问下去。

有些话说破了,就失去了意义。

两人重归于沉默。过了好一会儿,文晨才开口,打破这僵硬的局面。

"对了,我答应了小朗星,要为他向你讨要那只白瓷兔子。"

"你答应帮他了?"

"是的,我答应他了,要帮他向你要回那只兔子。"

"那我要是不肯呢?"

"我给他钱,让他向你买回那只兔子。"

"这么认真?"

"本来就很认真。"

"那好吧。"

出乎文晨的意料,韩季星爽快地同意了。

雨一停，韩季星便带着韩朗星向文晨道别了。小朗星在走之前突然抱了一下她，这让她有些诧异。等她反应过来后，她也弯下腰来去抱了抱他。

小朗星对她说："文姐姐，你真好，我哥哥同意把兔子给我了。"

小朗星软软的声音，让她的心也变得软软的。

经过雨水的冲刷，道路都变得明亮干净，树上的绿叶沾着水滴，刚吐出的嫩芽更是青翠欲滴。韩季星看着坐在副驾驶上刚刚系好安全带的弟弟，右手轻拍了一下他的头，然后说："臭小子。"

那句话中，全是宠溺。

下午关店时，天空中又开始飘着蒙蒙细雨，文晨朝外看了看，走到店里放杂物的地方，才发现原来店内所有的伞都借给今天的小不点儿了。她站在屋檐下想了想，狠了狠心，用双手象征性地遮住头顶，拔腿就往家里跑。

她跑回家，雨水打湿了她的头发，肩膀也被雨水打湿了一片。

她在找钥匙时，招英也正好到家门口，看到她湿漉漉的模样，关心地质问她："你没带雨伞吗？怎么搞成这个样子？"

"'小溪'里的伞我都借出去了，没办法，就只好硬着头皮跑回来了。"钥匙向左一转，门就开了，拖鞋、换鞋、进屋，像往常一样，文晨全然不在意自己淋了雨。

"你快点去洗个澡,哎,你怎么还在喝冷水,快放下,别喝了。"招英比文晨本人还着急,"你别磨蹭了,快去洗澡,小心感冒了。我去煮点儿姜汤给你,家里还有生姜吧。"

文晨几乎是被招英推着去浴室的,一打开热水,热气立马就往外冒,浴室里水雾朦胧,氤氲着沐浴露的香气。等她舒舒服服洗完一个热水澡出来时,招英正坐在沙发上翻一本杂志,桌子上摆着一个茶杯,有白色的雾气从茶杯里缓缓升起。

"家里没有生姜了,所以我就光烧了一壶开水,杯子里的水是我刚倒的,等不烫嘴了你再喝。"招英对她说。

文晨走过去抱住招英,撒娇地说:"招英啊,你对我可真好,像我妈一样对我好。"

"那你的意思是,我很老咯?"

"不不不,我的意思是你对我真是太好了。"

"那当然。对了,晨晨,你看看这个。"招英把杂志递给她。

文晨接过那本杂志,杂志的封面让她眼前一亮,因为那正是她上次拍的照片。以前她读大学时也给美院的画报当过内页模特,不过那都是在美院小范围内传阅,毕竟影响有限。这还是她第一次登上公开发行的杂志封面,而且,封面上的人美得让她不敢相信那是自己。

"现在的PS技术简直不可思议,我都不敢相信我的眼睛,招英,你帮我对比一下,这是我吗?"文晨拿起杂志摆在自己的左侧,一本正经地让招英对比两者像不像。

招英立刻就笑开了:"像像像,哪里不像了,我们家的晨晨就是这么美丽啊。"

女人总是好面子的高级动物,听到好姐妹的夸赞,文晨也笑了。这一笑从招英的视角里看,跟封面上的美人更像了。

招英说:"我跟你说,你知道这杂志现在有多难买到吗?本来就是首刊只做名声不计成本,加上祝柏扬的名头,还有他搞的那什么饥饿营销,发行量特别少,现在全市都难以买上一本,那真叫作洛阳纸贵啊。"

文晨问:"那你怎么买到的?"

"我不是买的啊,今天恰巧在电台碰到祝柏扬,他知道我是你的朋友,随手送的。"

"他去你们电台干吗?"

"好像是要和我们电台搞什么商业合作吧,我也不太清楚。哎,晨晨,你晚饭吃什么啊,我下厨去做饭吧?"

"你先去看看冰箱里有什么再说吧。"

淋雨后遗症光临的速度让文晨始料未及,那厢招英在厨房忙忙碌碌,这厢她待在客厅一直打喷嚏。这一顿晚饭,文晨只能用四个字来形容——食不甘味。

表盘里的秒针在嘀嘀嗒嗒地转动,夜渐渐深了,下过雨的夜晚,凉风习习,沁人心脾。躺在床上的文晨觉得头脑有些晕晕乎乎,窗外的月亮也由一个变为了两个。

第九章

情不知所起，一往而深

  意料之中又出乎意料的，文晨感冒了。为什么两者皆有呢？意料之中指的是在招英的心中，出乎意料指的是在文晨的心里。

  当发现文晨超过九点还没有起床时，招英就觉得不对劲了，因为这并不是文晨的一贯作风。

  招英敲了敲文晨的房门，见房间内无人响应，便悄悄推开了门。一开门，她就看见文晨用被子裹着头睡在床上。招英走过去拍了拍她的脸，叫了两声她的名字，她才睁开双眼，双目混浊，眼神涣散。

  "招英。"开口说话时，文晨才发现自己的嗓子疼得不像话，就像喉咙里含有一把尖刀，稍微一拉扯就能触碰到刀刃。

  "哎呀，你昨晚淋了雨怎么还把窗户打开了？"招英一边说一边把窗户合上。

　　文晨从床上坐起身来,背靠着床头,哑着嗓子无奈地说:"我估计是被你说中了,我肯定感冒了,昨晚睡觉的时候就头脑发晕,现在嗓子还发疼。"

　　"你还吹了一夜的风。晨晨啊,要不要去医院看看?"

　　"去医院就算了,我感冒还没有那么严重,不过得麻烦你去药房给我买点儿感冒药,我现在浑身都没有力气。"

　　招英坐在床边,拿手摸了摸文晨的额头,发现温度还算正常:"那我去帮你买感冒药,还有今天你也别去'小溪'了吧,绘画班也停一天课吧。"

　　文晨刚想拒绝,招英又补充了一句:"反正现在已经九点半了,你的课已经迟了。"

　　韩季星今天带韩朗星来得很早,他们两兄弟到"小溪"门口时,发现"小溪"的卷闸门还紧闭着。虽然很疑惑为什么还没有开门,但是他们却选择了在门口等下去。

　　绘画班的学生陆陆续续地都来了,韩季星听到他的弟弟在跟郑小南炫耀他家买了一个新的游戏机,郑小南冷哼一声,一脸不屑。这让他觉得小朋友之间的交流很有意思。

　　过了好一阵,等在"小溪"门口的人陆陆续续地走了,留在原地继续等待的又只剩下韩家两兄弟。

"哥,他们都走了。"

"嗯。"

"那我们还继续等下去吗?"

"再等会儿吧,没准你文姐姐就来了。"

刚说完这句话,韩季星的手机就响了。他点击阅读短信,短信是文晨群发的,她告诉绘画班的各位家长,因为昨日下雨,她回家时淋了雨导致感冒,所以今天不能来"小溪"了,还望各位家长见谅。

韩季星看完这条短信,想了想,指节分明的手指飞快地在手机键盘上跳跃。

"你还好吗?为什么会淋着雨回家,为什么不等雨停了再回去呢?你家在哪里?我想来看看你。"

打完这些字符,他犹豫了一会儿,继而又全部删除,重新打了一条。

"你好好照顾身体。"然后点击了发送。

"走啦,臭小子。你文姐姐发短信说她今天身体不舒服,今天来不了了。"

"是感冒了吗?"

"是的。"

"那你快点儿发短信告诉文姐姐,让她记得买药吃药,还有多喝开水,我妈就是这么跟我说的。"

"已经说了。"

"不行,我不放心,你把你手机给我,我来跟文姐姐说。"

"你别打扰别人休息好不好,烦不烦啊。"

招英来到"小溪"打算在店门口挂一个"今日休息"的牌子,她隐隐约约听见了韩季星的声音和一个小孩子稚嫩的声音。招英在附近找了一会儿,才看到了一大一小两兄弟,只是那两个人已经离"小溪"越来越远,声音也越来越小,最后连身影也消失在光与影的缝隙中。

因为冯青娅不在家,韩家的阿姨又是周末休息,此时韩家的茶几上摆放着韩家两兄弟上午从"小溪"回来时点的外卖,外卖盒子里面还装着吃剩下的残羹冷炙。

两兄弟坐在巨大的电视屏幕前。屏幕里,一名抡着铁锤的胖子对一名身形苗条的少女使用了一套组合拳,少女上方的血条从半管倏地直接空了,接着就倒地不起。然后屏幕上出现两个大大的红色的字:K.O.

在韩季星第 25 次把韩朗星 K.O 了后,韩朗星一气之下把游戏手柄扔到了茶几上,手柄朝着茶几上的一个白瓷果盘飞过去,果盘掉落在地发出哐当一声,碎成两片。

"过会儿你妈回来,你小心点儿。"韩季星看着眼前的惨状,提醒道。

"我就说是你弄的。"

"你倒是试试看?"

"如果不是你动不动就杀我,把我惹得不开心,我能生气吗?如果我不生气,我就不会把手柄给扔了;如果我没有把手柄给扔了,果盘就不会碎,那你说你是不是'杀死'这个果盘的凶手?"

韩朗星说得理直气壮,倒是把韩季星给逗笑了。韩季星看着自家弟弟,笑着说:"你什么时候变得如此胡搅蛮缠了?"

"什么是胡搅蛮缠?"

"就是胡说八道,你快点去把那些碎片收拾干净。你哥我就不奉陪了,我去卧室里躺一会儿,还有收拾的时候小心点儿,注意别割到手,还有你妈回来了也别叫我。"韩季星起身伸了个懒腰,一个下午都坐着陪韩朗星打游戏,他的肩膀也有些酸了。

"喂,你等等,"韩朗星叫住了往里屋走的韩季星,"我想打个电话给文姐姐,可是我没有她的电话号码。"

"原来你一个下午打游戏那么心不在焉就是在想这个?"

"什么是心不在焉?"

"就是……就是你的人虽然在这里,可是心却不在。"

"那你不也是一样?"

韩季星质问:"我怎么就一样了?"

"你别以为我不知道,我告诉你,我都看出来了,你今天下午比我还心不在焉,这个成语就是这么用的吧?吃饭的时候,我往你碗里放了胡萝卜你也没发现。"这回轮到韩季星哑口无言了。

　　"快点儿!"

　　"什么啊?!"

　　韩朗星说:"手机给我,我要打电话给文姐姐!"

　　"臭小子,会写的字不多,嘴巴倒是挺会说的。"韩季星嘴上虽然这么数落着,身体倒是很诚实,他掏出了手机,输入那串早已烂熟于心的电话号码。然后,拨通了电话。

　　"按免提!"

　　"知道了!"

　　"嘟——嘟——嘟——"

　　等待的铃音一下一下地从扬声器里传出来,兄弟两个此刻分外安静。在韩季星心里数到第六声铃音时,电话终于接通了。

　　"喂?"微弱的声音从扬声器传进耳朵里,略微有些失真,但依旧能听出这是文晨的声音。

　　"文姐姐,我是韩朗星,你是不是生病了,我打电话来关心关心你。"韩朗星抢先开口说话。

　　"是你啊,我现在已经好很多了,谢谢你的关心。"

　　"那你有没有喝开水,我生病的时候妈妈经常叫我多喝开水,妈妈说喝开水会好得快。"

"有啊，我在接电话之前还在喝开水哦。"

"那文姐姐，你很快就会好起来的。"

"谢谢，我觉得我明天就能好起来了。"

韩朗星还想再说几句，手机就被哥哥拿走了。韩季星在一旁听着时，本来准备了很多话，可当他把手机放在耳边时，一时之间又如鲠在喉，半句话也不会说了。

"喂？喂？韩朗星，你还在吗？"

"是我。你好点儿了没？"韩季星轻轻咳嗽了一下，掩盖他心里的小别扭。

"我好多了，药也吃了，下午还睡了一觉，现在感觉好很多了，本来就只是小感冒不严重的。"

"怎么就生病了，昨天上午不还是好好的吗？"

"昨天下午要回去的时候我才发现'小溪'里所有的伞都借出去了，我只好硬着头皮冒雨跑回来了，看来我高估了我的身体素质。"

"如果明天身体还是不舒服就再休息一天，少开一天店少赚一天钱，天也不会塌下来。"

"你说得倒是轻巧。"电话那头的人轻笑道，"好了，不跟你多说了，我要去帮招英整理一下东西。记得告诉你弟弟，接到他打来关心我的电话，我很开心。"

那接到我的电话呢?

只可惜,这句话韩季星还没有说出口,电话那边就传来了仓促的忙音。

韩季星摸了摸自己的鼻梁,试图缓解内心的尴尬。

"哥哥,你知不知道你最后那个表情很傻啊?"韩朗星挽着胳臂斜眼看他,那表情里的蔑视一览无余。

"那你知不知道你现在这个表情很没大没小啊?"他不甘示弱。

"郑小南曾用一个字骂过我,我后来问老师才知道这个字的意思,现在我把它送给你。"

"什么字?"

"尻。"

被自家七岁的弟弟说尻,确实挺没面子的。韩季星又摸了摸鼻梁,决心不再理会故作老派的弟弟,他转过身往卧室走去,边走边交代道:"你还是别去碰那些碎片了,也不要经过那里,小心把自己割伤了。我回房间去睡一会儿,记得你妈回来也不要叫醒我。"

韩季星之前本想着去会会周公,以消解消解那所谓的心不在焉,却不料打完这一通电话他更加心不在焉了。他在床上翻来覆去十几分钟也无济于事后,终于不再做无谓的挣扎了。

他拿起床边祝柏扬送他的杂志,翻了翻,看着杂志封面上的文晨语笑嫣然的模样,却乱了心神。他犹豫了一会儿,终于起身,换了一身衣服，并拿起车钥匙，出了卧室。

韩朗星还坐在沙发上打游戏，听见开门的动静后，他转过头一看，看见说要去睡觉的自家哥哥此时已经换了身干净的衣裳，这哪里是要睡觉的模样。

韩朗星问："你要去哪儿？"

"有事出去一趟。"

"那我妈回来了，要是问起你怎么办？"

"你就说不知道。"

文晨第二次接到韩季星电话的时候，她正在和招英看真人秀综艺节目，里面的大明星们正逗得两个姑娘笑声连连。

"喂？"文晨接起电话，语气中带着笑意。

"在干什么，笑得那么开心？"

"我在和招英看综艺节目呢，你打我电话有事吗？"

"我……我现在在'小溪'。"

"你现在在'小溪'？你来找我的吗？可是今天'小溪'关店啊。"文晨大惊。

"嗯，我知道，我要回去了。"

"哎，你别走，你在'小溪'门口等等我，我现在去找你。"

招英还在乐呵呵地看综艺，耳朵刚听到文晨对自己说她要出去一下，把目光一转，就只看到了门被关上的一瞬。

文晨隔得很远就看到了站在"小溪"门口的韩季星，他站在门口不远的路灯下面，低着头，抽着一根烟。

她看见白色的烟雾从韩季星嘴里缓缓吐出，烟雾弥散开来，让他的五官笼罩在一片朦胧之下。然后他抬起头来，似是看见她了，便把烟扔在地上，踩灭了烟头。可完成了这一系列动作之后，他又顿了顿，弯下身捡起烟蒂。

"那边有个垃圾桶。"文晨指了指。

韩季星扔完烟蒂回来，对文晨说："真是不好意思，明明是我在电话里说让你好好休息的，却也因为我，让你休息不成了。"

"没关系，你特意过来找我有什么事吗？"

"其实没有什么事，就是想见见你。我们不要站在这儿了，随便走走吧。"

"那边有个小公园。"

时间还不算太晚，路上还有很多散步的人。两个人路过一个公交车站的时候，正好有一群人刚从公交车上下来，好几个人与文晨擦肩而过，其中有人一不小心撞了她一下，她晃了晃，韩季星把她拉到了人行道的内侧。

"小心点儿。"

"嗯。"

在走过长长一段路后,文晨终于憋不住了,问他:"你该不会只是来找我散步的吧,我想你一定有什么话想跟我说。"

"我弟弟说我尿。"

"啊?"文晨不懂。

"我弟弟说我尿。"韩季星又重复了一遍,"我为了证明我不尿,就来找你了。不过现在想想,虽然不尿了,但是却太冲动了。你还生着病,我却把你叫出来吹冷风。"

"没关系啊,是我自己跑出来找你的。"

韩季星踌躇了一会儿,问:"我们认识多久了?"

"从金阁寺开始算的话,应该有好几个月了吧。"

韩季星偏头看向文晨,她那忽上忽下的睫毛就像两把刷子,蘸着月光与灯光,此时此刻在他心中刷上浓墨重彩。

"原来有好几个月了啊!你知道吗?我一直觉得这几个月我就像是个高中生,悸动、纠结、尿包、冲动,在你面前要么入迷入神,要么沉默犯蠢,来找你之前我在房间里翻来覆去睡不着,脑海里全是你的身影。我高中的时候,在学校看过《牡丹亭》,汤显祖在里面说'情不知所起,一往而深',我当时一听就记住了。我想我现在就是这么个状态吧。"

"你知道你在说什么吗?"

"当然知道,虽然我是一时冲动来找你,可是这番话我在等你来的时候就想了很久了。"

"所以，你这是在跟我表白吗？"

韩季星停下脚步，侧身注视着文晨。而文晨也看得到，他的瞳孔里这一刻全是自己的身影。

"我就是在跟你表白。"他对她肯定地说。

那些动人的话语就像是飓风一样，在文晨心中卷起滔天的巨浪，它们在翻滚、在咆哮，想抵达她心海的最深处。而她却沉溺在波涛滚滚中，久久沉默，不愿说话。

文晨深吸了一口气，她思考着该怎么样开口。良久后，她终于开口说："你，把我置于何地？"

她说出来的话，让他始料未及。

"我不懂你的意思。"

"你是以什么身份跟我说这番话？你忘记我们是在哪里重逢的吗？"她说的虽然是疑问句，却没有要等他的回答的意思，"是在你的订婚典礼上。你是别人的未婚夫，而那个人正是我的好友。"

"那场仪式是我做的错误决定，是我太过于草率了。可是文晨，我从来没有和唐家莉在一起过，我也从没有喜欢过她。"

"那又怎样，我说过过程不重要，重要的是结果你选了Yes。"

"那场订婚很荒唐。"

"但我亲眼看见你上台去致辞。"

"可是我的直觉告诉我,你也是喜欢我的,对不对?"韩季星试图去说服文晨。

"我承认我也喜欢你,可是那又怎样呢?"文晨的语气中带着呜咽。她蹲了下来,双手抱着膝盖,不让韩季星看清楚她的表情,兀自地说,"可是那又怎么样呢?"

文晨不敢去看他的面容,理智与情感在疯狂拉扯她的心。而那些因为理智而聚集起来的勇气在她蹲下的一瞬间就尽数消散了,现在的她需要一个人埋没到黑暗里,去控制那些喷薄而出的情感。

可韩季星的耳边仍然回荡着那一句,可是那又怎么样呢?

他不知道文晨下了多大的决心说出了那句话,以至于现在不敢面对他。可他心中纵有万语千言,此刻也说不出任何话语,只能就这么站在一侧,静静地看着蹲在他面前的她。

一时之间两个人谁也没有说话,小公园里的游人越来越少,偶有路过的人也只会多看他们两眼,然后漠不关心地走过。

天空又飘起了细雨,它们纷纷落在一站一蹲的那双人的发丝间。

等到两人的头发快要被雨丝全部打湿时,蹲着的文晨终于站起身,她的眼里还泛着一些泪光,脸色苍白,她开口说:"你去把车开过来好不好,我没有力气了,不想走了。"

韩季星说:"那你在这里等我,我很快回来。你感冒了,不要再淋雨了，去树下躲躲。"

韩季星很快就把车开了过来。文晨上车后，坐在副驾驶上，一言不发，她累极了，嗓子又开始疼痛，感觉说出一字一句都要耗费她巨大的心神。

韩季星看向坐在副驾驶、面容苍白的文晨，小心翼翼地问她："你家在哪里？"

文晨闭上眼睛，身体缓缓滑落，倚靠在座椅上："我想睡会儿，你随便开吧，你开去哪里我就跟去哪里。"

韩季星闻言，也没有再追问下去了。他其实是打听过她的住处的，只是想听她亲口告诉他而已。

韩季星随心所欲地穿梭于城市的各条马路，他真的很想就这么一直开下去，可是再长的路程总有抵达终点的时候⋯⋯

他看着文晨越来越苍白的脸色，最终还是把她送了回去。

第十章

仙度瑞拉的时间魔法

　　文晨的高中老师在课堂讲《节妇吟》这首诗时，那个时候的她正伏在桌子上画画。她给语文课本上的一个个古人添上各种各样奇怪的表情和现代工具，玩得不亦乐乎。老师所讲解的这首诗的赏析她一点儿都没有记住，只是觉得最后一句"还君明珠双泪垂，恨不相逢未嫁时"写得很凄凉，就那么记住了。只是她没有想过，这句诗用来形容她此时此刻的心境会如此适合。

　　若是诗句改成"还君明珠双泪垂，恨不相逢未娶时"，大概会更合适吧。

　　文晨晚上回到家的时候，有些狼狈，头发有些乱，因为又淋了雨，还很潮湿。她沉默不语地去浴室洗澡,把头发吹干,吃了放在桌子上的药,喝了一杯开水,就走去了自己的卧室。一切该做的事情她都做得很好,但整个过程没有和客厅里的招英说一句话。

这太不正常了,太奇怪了。

招英站在文晨的卧室外面,看卧室房门紧闭,她一脸担心却又不知道该如何是好。

文晨站在床边给自己倒水,她看着水倒进杯子里形成的那个小小的漩涡,只觉得漩涡越来越大。漩涡一直在旋转,她的头也在跟着旋转,然后,她就眼前一黑,人随即陷入混沌之中。

等到她再睁眼时,黑夜已成白昼,映入她眼中的是白茫茫的一片,周围是白色的墙壁、白色的床单、白色的窗帘,她的鼻子里则是浓重的消毒水的气味。

她受不了这种刺鼻的气味,忍不住咳了两下。

"晨晨啊,你终于醒了。"她听到了招英的声音。

"这是在医院吗?我怎么了?"头依旧有点儿疼,嗓子倒是好了许多。

"你知不知道你昨晚差点儿吓死我了,我一听到声响就被吓到了。一开门就看见你躺在瓷砖上,我还以为你受了什么刺激,自杀了呢。"

"我也不知道,我就是觉得口干舌燥想喝口水,然后眼前一黑就什么都不知道了。什么自杀啊,你是不是情感故事听太多了。"文晨轻笑。

"你现在倒是能笑出来了,你知不知你昨晚那副样子有多吓人啊,我有多担心你啊。"病床旁边的桌子上摆着一个果篮,招英从里面挑了一个苹果,她左手拿着水果,右手握着水果刀,开始认真地削苹果皮。

"那我没什么事吧?"

"医生说你是感冒发烧,加上心生郁积,还有低血糖造成的晕倒,让你好好休养几天,其他的大毛病倒是没有。这些水果都是宋民佑送过来的,他倒是细心,连水果刀都准备了,喏,给你。"

文晨伸手接过那块苹果把它送进嘴里,清新的苹果香气冲淡了鼻中的消毒水气味。

招英又切下一块苹果递给文晨:"晨晨,昨晚是不是那个韩少爷来找你了?"

文晨大惊:"你怎么知道?"

"看你接电话的表情就猜出来了。"

文晨错愕,一直以为自己控制得很好,原来旁人皆知。以韩季星的聪明,他肯定也很早就看出来她对他的念想,所以昨晚才那么信誓旦旦。可是他却不曾料到被她迎面浇了一盆冷水,只是这盆冷水,站在旁边的她又何尝不是挨了半盆。

她昨晚那番理智的话，是点醒了他，亦是对自己的提醒。

"昨晚，他把我叫出去，然后……然后他说他喜欢我。"文晨低下头，回忆了一下他昨晚对她说的话。

"那你答应他了？"

"没有。"

通透如招英，听了那么多美妙、动人、悲伤的爱情故事，自然知道隐匿在这句"没有"后面的情绪。世间有太多爱而不得的故事，她也听过许多人向她哭诉，这些有情人不能携手相伴的原因各有不同，但是其中的悲哀却是无异的。

"我记得你跟我说过你是在订婚晚宴上重遇的他对吧？"

"是的。"

"他的未婚妻是你的好友？"

"是的。"

招英气愤："那他为什么还要来招惹你？"

"不能算他招惹我吧，"文晨哑笑，"如果没有弄坏那张名片的话，一切可能都不太一样了。"

招英心一颤，搞了半天，罪魁祸首原来是她。

这时，有人推门进来打断了她们的谈话，进来的人是许久不见的宋民佑。此时的他和之前很不一样，头发剪得很短，也黑了很多，眉目传神，看上去比之前还多了一分成熟。

文晨向他点头示意:"好久不见啊。"

"是啊,没想到隔了那么久第一次见面,是抱着你往医院跑。"宋民佑揶揄她,他的出现让病房里的沉重气氛缓和了不少。

文晨听完这句话脸倒是红了红:"真不好意思啊,你刚回来就让你充当免费劳动力。"

"没事啊,反正我当你们两个人的免费劳动力当习惯了。倒是你,我刚从非洲回来,连时差都没来得及倒,你就送我这么一个惊喜,你知不知道招英在电话里说的那个情况,我差点儿以为你已经……"

宋民佑的话还没有说话,就被招英打断了:"哎,那我不是着急嘛,我都给晨晨做人工呼吸了。"

文晨汗颜,怪不得她昏迷的时候觉得嘴巴边有个软软的东西。

"这个碗里是我妈炖的鸡汤,我特意带过来的,你尝尝看。"宋民佑把保温盒的盖子打开,一股浓郁的鸡汤香味就飘散了出来。

一闻到味道,文晨就立马饿了,她从第一天感冒开始就没有好好吃过东西。

文晨咕咚咕咚地就把一大碗鸡汤喝完了。她从碗里抬头,看见两双眼睛直直地望着她,这让她为自己刚刚那不怎么矜持的吃相,感到有些不好意思,她怯怯地说了句:"是不是不太文雅啊?"

房间里的两个人闻言,忍不住笑了。

宋民佑刚从非洲回来,连时差都没来得及倒过来,就为文晨在医院跑上跑下，买水果带鸡汤，现在倦容尽显，招英看见了便让他回去好好睡一觉再过来。

临走时，宋民佑告诉文晨："医生说你得在医院观察一下情况，我在乞力马扎罗山拍了很多动物，等你出院了给你看。"

而招英因为电台还有事，也跟文晨告别，跟着宋民佑一块儿走了："今天下午领导找我有事，晚上我没有节目，我下了班再过来看你。"

不一会儿，这单间的病房就剩下文晨孤零零的一个人。

文晨躺在床上，想象着时间就像坐标轴一样有很多的节点，被分成一段一段的。她在审视那些时间片段，想看看能否重新排列它们的顺序，于是许多的画面就浮现在她的脑海中。

他们在金阁寺偶遇，一同参拜；在镰仓高校前站的意外重逢；唯一的名片残破不堪后，两人在订婚宴上以截然不同的身份第三次相逢；在"小溪"第四次见面……还有很多很多的场景。

它们一个一个地朝她涌来，让她目不暇接，还没有待她看清楚细节，它们又一个接一个地破碎成碎片。她伸出手想去接住那些飞舞的碎片，那些碎片却在被触碰的一瞬间，立即化为灰烬。

如果不可以触碰，那就算了吧。

文晨的手臂上还在挂水，她盯着那药水一滴一滴地往下掉，渐渐地眼皮越来越重，越来越重。

文晨做了一个梦，在梦里，她梦到了韩季星。

梦里的韩季星是她不曾见过的样子，他穿着11号的红色球衣，穿梭在篮球场。周边有很多他的女粉丝，她也是其中之一，她就站在那里跟着人群大声地喊他的名字。

最后20秒的时候，韩季星完成了一个绝杀灌篮，全场都沸腾了，她也高兴得跳了起来，就像《灌篮高手》里的赤木晴子一样，眼里全是他。她看到韩季星向她跑过来，张开怀抱拥住她。

忽然间，她又听到有人叫她，她转过头去看，看到了唐家莉。莉莉怒气冲冲地向她走过来，把她拉出韩季星的怀抱，怒道："晨晨，我一直把你当我的好朋友，没想到你却这样对我。"然后给了她一个耳光。

文晨就被这一个耳光给吓醒了。

还好只是个梦，她长吁一口气。

她醒来后，招英正坐在旁边，玩味地看着她。

"你做梦梦到那个韩少爷了？"

"这你都知道？！也是从我的表情里看出来的？"文晨揉了揉自己的脸。

"我的表情分析能力没有那么强，是你自己做梦喊人家的名字呢。"

这让文晨觉得脸上火辣辣的。真是丢脸，明明是自己那么坚定地拒绝了他,到头来自己做梦却梦到了他,还把他的名字喊出了声。

"晨晨,如果你真的很难受的话,不必强颜欢笑的。"招英有些担忧地看着她。

文晨犹豫了一会儿说:"昨天晚上我拒绝他的时候,下了巨大的决心。当时我不敢看他的眼睛,只能蹲下来,可我刚蹲下来就想收回我刚说过的话。"

招英看着她,等着她继续说下去。

"我蹲着的时候,就在想,他为什么一定要把话说得那么清楚呢?如果两个人装作什么都不知道,至少还能厚着脸皮当朋友。今天你们离开以后,我一个人躺在床上又开始胡思乱想,我想到了莉莉,想到她对我的好,我又有什么资格伤心呢?我拒绝的本来就是属于别人的东西。招英,你说我算不算他们之间的第三者?"

听完文晨长长的一段自述,招英安慰她说:"迪士尼动画曾经出过一个关于《灰姑娘》的续集,叫作《时间魔法》。在续集里,仙度瑞拉的继母使用魔法让时光倒流,让当初本属于仙度瑞拉的水晶鞋穿在她姐姐脚上。继母还蛊惑了王子,让王子一度忘记了灰姑娘,仙度瑞拉的姐姐成为王子的未婚妻。可是魔法终究抵不过真爱,经过仙度瑞拉的努力,在相处的过程中,王子又重新爱上了仙度瑞拉。那你说仙度瑞拉是不是王子和她姐姐之间的第三者?"

"可是那都是继母的诡计。"

"你和韩季星之间也是因为诡计,缘分的诡计。它让你们美好地相遇,却选在了最错误的时间让你们重逢。追根溯源是我成了它的帮手,如果不是我把那张名片洗坏的话,一切都会不一样。"

文晨倾身拥抱了一下招英:"我一点儿都不怪你,真的,我觉得人的命运在很早之前就已经被写好了,所以人生就像一列绿皮火车,在规定好的轨道上轰隆隆地行驶。"

"可是火车偶尔也会脱轨,不是吗?"招英朝文晨眨了眨眼。

"所以你就是那列脱轨的火车咯?"

"我怎么就是了?"

"和你朝夕相处那么久,你可以那么轻易地看出来我喜欢谁,难道我就看不出来?"

招英心里一慌,装愣说:"我不懂你在说什么。"

文晨柔声说:"你不要跟我装傻了,你那么聪明,又怎么会不知道我在说什么,你喜欢宋民佑对吧?你打算什么时候告诉他?"

招英此时的神情变得冷漠起来:"我没打算告诉他,他又不喜欢我。"

"可是我觉得以宋民佑的性格,他不会自己发现的。"

"我本来也没打算让他知道。"

"你内心比我强大,暗恋的旅程太漫长了,你永远看不到终点的,招英,或许你告诉他还会有转机。"

招英闷哼一声:"他又不喜欢我。"

文晨说:"因为你没告诉过他,你喜欢他。"

"他不喜欢我,我干吗要告诉他?"

一切就像进入了一个死循环。

招英别过头去,她说:"我是不是很可笑,安慰起别人来头头是道,说起自己却是杂乱无章。"

当局者迷,旁观者清。

招英是这样,她又何尝不是?

在生活中,想象中的爱情大多都比现实更美好,所以大多数人对爱情的选择一向都是盲目和感性的,他们不顾后果,愿意沉浸在爱情的幻想里。而走出来的人就像文晨一样,在短时间里,用全部的理智做了一个最理性的选择。他们追求选择的正确性,却也容易落得爱而不得。

而招英却是一个理性与感性兼备的人,她宁愿一个人在爱情这条路上跋涉,也不愿意去问坐在那里的人是否愿意和她一起,因为没有绝望,就还有希望。

两个人聊了很久,文晨终于感觉饿了,她提议:"我们去吃饭吧。"

招英笑道:"原来不止我觉得饿了。"

"民以食为天嘛。"

"但是有情饮水饱啊。"电台爱情专家招英又开始发表她的爱情言论了。

　　两个人来到医院食堂时,早已经错过了食堂的高峰期,一眼望过去只有十几个人零零散散地分布在食堂的不同位置。

　　文晨意外地在医院看到了祝柏扬,她想装作没看到,谁知那一边的祝柏扬却叫了她的名字。

　　"文晨,你怎么在这里?"

　　这下文晨只能硬着头皮去打招呼了。

　　"我来医院看朋友。"

　　但是,她忘了一件事,她还穿着病号服。

　　祝柏扬讥笑她:"你别逗我了,你还穿着病号服呢,你说你来医院看朋友?我还以为你来医院演戏呢。"

　　这一句话说得文晨讪讪的。

　　"那你呢,你来医院献爱心的吗?"

　　"别逗姑娘,我家老太太来医院做例行检查,我来陪她的。对了,我家老太太你见过的,她可喜欢你的东西了。"

　　祝柏扬把老太太请来,文晨这才发现原来那天在店里跟她特别投缘的老奶奶就是祝柏扬的奶奶。

　　"小姑娘,你好啊!"老太太笑着向她问好,眼角和脸颊的皱纹因为笑意更明显了,一条条的皱纹间全是慈蔼,一看就知道是岁月给予的恩惠。

"您好，没想到在这儿见到您，我还想着您什么时候再来店里逛逛呢。"

"你照顾好自己的身体，等你出院了我一定去你的店里看你。对了，小姑娘你叫什么名字啊？"

"祝奶奶，我叫文晨，文章的文，早晨的晨。"

"噢，这个名字和你很相配啊。"

文晨和祝家老太太闲聊了几句，老太太末了还要了她的联系方式。

招英吃过晚饭，在病房待到晚上八点半左右才走。整个病房内又只剩下了文晨一个人，她望着天花板数绵羊，想睡也睡不着。

最后她拿出手机给家里打了个电话，家里面似乎很热闹，妈妈告诉她，爸爸今天去乡下钓了一条好大的鱼，所以请了姨夫姨母过来吃饭。

她跟家中的每个人都简单地问候了几句，爸爸在电话里叫她照顾好自己，妹妹告诉她这次月考自己考得还不错，姨夫姨母也催她赶紧找个男朋友带回家。

家中的温馨似乎透过手机传递给了病房里的文晨，让她觉得病房也不太冷清了。她挂掉电话后，睡意终于袭来，她沉沉睡去，一夜好眠。

第十一章

乞力马扎罗山的雪

祝柏扬当天晚上回去,在家中想了想,就拨通了韩季星的电话。

"喂?"电话那头的韩季星声音低沉和缓,不像平时里和祝柏扬打电话那样嬉笑。

"韩少爷,我有一个消息不知道该不该告诉你。"

"想说就快说。"

"我今天陪我家老太太去医院了。"祝柏扬故意把话只说一半。

"然后呢?"

"你猜我看见谁了?"仍然在故意卖关子。

"如果你是在耍我的话,我现在很烦,没有时间陪你玩无意义的猜谜游戏。"韩季星语气中终于起了波澜。

"我看见文姑娘了,她穿着病号服,应该是住院了。"

韩季星听到这个消息,心中似有钝物敲打了一下,隐约作痛。那天他回来后就在担心本来就感冒的她又淋了那么久的雨,病情会加重,只是他没有想到她竟然病得住院了。祝柏扬后面还叽里呱啦说了一通,可是他都听不进去了。

他勉强敷衍了祝柏扬几句,就挂掉了电话。

在挂掉电话后,他瞬间就对眼前的游戏失去了仅有的一丝兴趣,他的神情显得落寞,从那天以后,他就一直很沮丧。

文晨那天晚上的话一直在他耳边回荡——

你把我置于何地?

你是别人的未婚夫。

可是那又怎么样?

他现在觉得两人在金阁寺中一起走的那段路就预示了他们的未来,一旦踏下去第一步,就不能回头重走,他们只能前进,而不能倒退回去好好欣赏。

"哥,你又心不在焉,在想什么啊?"

韩朗星稚嫩的声音把他的思绪从遥远的地方拉回来,他看见弟弟正在盯着他,眼中全是好奇。

"你干什么?"他开口问。

"我觉得你从昨天回来就不对劲了。"

"昨晚我回来时你都睡了,你知道什么?"

"昨天晚上我起床上厕所的时候看见你在客厅抽烟,今天早上我去上学的时候数了一下垃圾桶里有六个烟蒂,你从来都不在家里抽烟的。"

这小家伙人虽小,心却细。

"我不跟你废话了,我要去洗澡睡觉了,明天还有事。"

第二天一早,韩季星就去了文晨住院的那家医院。他去之前买了一个水果篮,站在水果店里想了想,又去酸奶屋买了两盒酸奶。他不知道文晨的病房号,打电话给文晨她也没有接,他以为她是故意不接他电话,便也没有再打过去了。

他提着一个水果篮和两盒酸奶,站在住院部门口,茫然不知往哪儿走。

在迷茫了半个小时之后,有人拍了一下他的肩膀,他转头去看,正是那天在婚纱庄园见过的男人。他的记忆力一向不错,他记得那天文晨叫他宋民佑。

"你还记得我吗?"

"我记得你叫宋民佑。"

"你来医院看朋友?"宋民佑眼睛瞄向他提的那个水果篮。

他苦笑了一下:"来看文晨,但是不知道她的病房号。"

"我知道,我带你去吧。"

穿过三楼的一间间病房，宋民佑带着韩季星来到了位于走廊尽头的病房，病房内却空无一人。韩季星把果篮和酸奶放到病房的桌子上，眼中隐隐的期待转瞬即逝。

"她可能出去散步了。"宋民佑说。

"那我等等她吧。"

紧接着便是长久的沉默，突然韩季星的手机在病房内响起，打破了一室的宁静。

他看见继母的名字出现在手机屏幕上，皱了皱眉头。

"喂？"他干巴巴地出声。

"你在哪里？"

"医院，我一个朋友生病了。"

"你现在来婚纱庄园一下，有工作上的事情找你。"

他想拒绝，却听见继母那边有人叫她签字，他还没来得及开口说话，电话就被挂断了。

韩季星说："我可能要先走了。"

宋民佑问："那需要我带什么话吗？"

"不用了，"韩季星顿了顿，改口说，"祝她早日康复吧。"

然后，就走了。

文晨从医生那里回来时，看见宋民佑一个人坐在那里翻杂志，翻的是她当封面女郎的那本时尚杂志。

宋民佑是专业摄影师，文晨有点儿不好意思，从他手中抽走了那本杂志。

文晨坐回病床上，眼神跳跃："对不起，这本杂志我没收了。"

宋民佑饶有兴趣地看着她："为什么？"

"不好意思让大摄影师看到。"她别过头去，然后她就看到了桌子上的果篮和酸奶。

宋民佑看见神色复杂的文晨，开口问："你怎么不问我是谁送来的？还是你知道是谁送来的？"

"……他说了什么吗？"

宋民佑看到文晨的表情，觉得有一股凉意从背后爬上来席卷全身。

其实在文晨住院的那天，宋民佑无意间听到了文晨与招英两人的对话，他知道那个叫作韩季星的男人跟他喜欢的姑娘告白了，他还从话语中隐约听出来文晨或许也喜欢韩季星。

他当时在门外，看不到文晨的表情，可现在文晨仅仅是看到那篮水果和酸奶，瞬间露出的表情就已经足够告诉他，她也喜欢韩季星。

一想到这些，宋民佑就觉得心里泛苦。

"他叫你好好照顾自己，之后就被一个电话叫走了。"

"嗯……对了，医生说我明天就可以出院了。"

"那我明天来接你。"

宋民佑心中百转千回,可是却什么都不能说。

他知道就算文晨没有喜欢上韩季星,她和自己也是没有可能的。

这件事他刚开始并不明白,可是后来他去了一趟非洲,在看到乞力马扎罗山上的晶莹白雪后,他突然就明白了。

文晨之于他,就犹如高山白雪,可远观却不能触碰。

宋民佑和文晨在病房里又闲聊了些别的,主要是聊聊他这段时间在非洲的经历,聊聊他在乞力马扎罗山看到的那些野生动物,文晨对这些似乎也很感兴趣。

宋民佑在病房待了一会儿,临走时才告诉文晨,桌子上的东西是韩季星送来的。

虽然现在的他还无法完全认同韩季星的存在,但是他觉得他们至少有一个共同点,那就是在择偶的眼光上是一致的。

英雄所见略同。他对于和自己眼光一致的人总是很欣赏,因为这也是换一种方式欣赏自己。

文晨出院的那天,招英和宋民佑一起去接她。招英还夸张地准备了柚子叶,她用柚子叶往文晨身上洒了点水,文晨觉得又痒又凉,宋民佑则在一边劝阻招英不要闹了。

招英说:"这是祈福避秽,消灾解难的,这是老传统,你懂不懂啊?"

"文晨刚刚出院,你就往她身上洒冷水。她感冒还没有完全好呢。"宋民佑拿过招英手中的装有柚子叶水的矿泉水瓶,走向车位的时候,顺手扔进路边的垃圾桶里。

三个人坐在车上,宋民佑说要请她们去吃饭,一来庆祝文晨出院,二来也为他自己接风洗尘。

文晨倒是笑了:"哪有自己做东为自己接风洗尘的?"

宋民佑在前方说:"不要在意这些,重点还是庆祝你出院。"

"既然你请吃饭,那我可就不客气了。"招英说,"我知道一家店,我领导给我推荐的,说那里饭菜特别好吃。"

宋民佑说:"那你告诉我店名,我们就去那一家。"

开车来到饭馆附近,宋民佑去找停车位停车。文晨和招英两个人顺着 GPS 导航,走路去找那家饭馆。

文晨把头抬起,就看到了那个叫作"×××广东菜"的饭馆以及饭馆招牌下并排站着的惹人注目的一男一女。

真是巧啊,文晨想,当初从日本回来后,怎么就没有这么巧的偶遇呢。

那一男一女正是韩季星和唐家莉,唐家莉看到她,脸上全是惊喜,韩季星则是一脸错愕。

"晨晨,没想到在这儿看见你。"唐家莉冲着文晨招手,示意文晨过来。她笑容灿烂，一身黑色的连衣裙，衬出了她白皙细腻的皮肤，头发烫成大波浪，随意地搭在肩上，看上去十分完美。

"我也没想到。"文晨走过去，唐家莉抱了抱她。

文晨闻到一股淡淡的香水味，有杏仁和甘草混杂在一起的丝绒香气，就像雨韵不绝的微妙终曲。

唐家莉开口说："我和韩季星在这里等我爸爸和他阿姨过来。听说这家店的广东菜做得很正宗很地道，特意过来尝尝，没想到能在这里见到你，你和你朋友也是特意找过来的吗？"

唐家莉甜甜的笑容，与文晨那扯着脸皮的尴尬微笑形成鲜明的对比。

莉莉还是和大学时一样，任何时候都会给人一种意气风发的感觉，却又不像大学时那样肆意张扬，时光让她收敛得恰到好处。

文晨还在纠结要不要承认她也是特意来这家饭馆吃饭的，此时的她不太愿意和眼前两个人同进一家饭馆吃饭，她眼神不经意间瞟了瞟韩季星，却恰巧被唐家莉抓个正着。

"对了，站了这么久了，我光记着叙旧了，忘记介绍了，这是韩季星，我的未婚夫。"

听到"未婚夫"三个字，文晨的心颤了颤。

"我们见过了。"一旁的韩季星淡淡地开口，脸上的表情已经恢复正常。

文晨心里一惊。

"对啦，我忘记你们在订婚典礼上见过了。"

文晨脸上闪过一丝不自在，但是很快就掩饰过去了，她干巴巴地说了句："是啊。"可是心里却在对自己说，文晨，你真是越来越虚伪了。

文晨此时此刻只想赶快结束这场好友相逢，在唐家莉面前站得越久，她就越心虚，她现在只想赶快逃走。

"文晨！招英！"

宋民佑终于赶来与她们会合了。他跑到四个人所在的位置的时候，打量了一下唐家莉和韩季星，然后朝那两个人点点头。

"这附近没有停车位了，所以耽搁了那么久。"

"好啦，我们要等的人已经等到了，就先走了。"文晨朝着唐家莉挥挥手示意。

"那再见了。"唐家莉同样地挥了挥手。

文晨拉着招英走了，宋民佑跟在后面，他虽然不知道自己错过了什么，但是看到韩季星眼神中流动着的复杂情绪和他身边那个笑容甜美的女人，脑子转了转，大概就明白了。

他不是一个善于察言观色的人，但他是一个喜欢思考的人。

韩季星看着文晨的背影渐渐地消失在自己眼前，他很想跑上去拉住文晨，但是他没有，他知道自己不能去。

他等了很久才等到继母和唐父都到齐，四个人走去饭馆内早已订好的包间。

然后，他看到继母和唐父两个人坐下，就开始客套地寒暄。

"小韩这小伙子，我真的是非常欣赏哦，我家莉莉真是找到一个好伴侣。"

"哪有，唐总，我看莉莉才是难得的好姑娘，又聪明又能干。"

唐家莉在一旁听着咻咻地笑，而他听到这些话只觉得虚假无比。

大家都是各取所需而已，说得好像真的彼此欣赏一样。

唐父说："小韩啊，等你和莉莉结婚后，南边那块地皮我们就可以正式一起合作开发了，在那边我也觉得弄一个婚纱庄园特别好。"

继母也点头："是啊，还可以弄一个度假村。"

韩季星只觉得好笑，为何要惺惺作态地寒暄那么久，迅速进入正题不是更好。昨天从医院把他叫去婚纱庄园商量双方的要求，今天又特意把他和唐家莉叫过来在旁边当观众，为的不就是那还没有商定好的合作。

这顿饭，他吃得味同嚼蜡，却又不得不陪着坐下去。

临到结束，他才发觉这场合作中，自己是最可笑的那个，继母和唐父各取所需，唐家莉心满意足，而他只是在虚耗时间。

第十二章

我不会让你成为众矢之的

最近这几日，因着皇历上的日子好，阳光明媚，却又不灼热，来婚纱庄园拍婚纱照、举行婚礼的新人很多。这让平日不常待在园子里的韩季星不得不整天待在园子里，专心工作。

情场上的失意，需要用工作来慢慢消磨。

有时候，韩季星也会出任一下掌镜摄影师。

他看到镜头里笑容甜蜜的新娘子，想到那日文晨在园子里，穿着及地的婚纱，抿着嘴对他笑的样子，他恍恍惚惚好像在镜头里看到了文晨的脸庞。可他眨了眨眼，镜头里的面容又变成了那位别人家笑容甜蜜的新娘。

他摸了摸鼻梁，来掩饰自己那转瞬即逝的尴尬。

佳人难再得。

"小溪"重新开课也有大半个月了。他去接送过韩朗星一次，本想问问她身体恢复得怎么样了，文晨见到他却如同见到瘟疫，避之不及。他才刚开口说了个你字，就被文晨的"没什么事就早点儿回去吧"给"请"了出去。

他碰了一鼻子灰，只能戳在门口，摸了摸鼻梁，望着"小溪"里她单薄的背影。

连韩朗星都能看出来文晨在有意回避他，问他："哥，你是不是做错什么事惹文姐姐生气了？"

做错什么事了吗？他也不清楚，可能有，可能没有。

可是就算做错了，说过的话就像泼出去的水，是怎么收也收不回来了。

文晨没有给他任何弥补和解释的机会，他就这样被她打进了冷宫，不允许他再多说一句话。

从那以后，他就把接送韩朗星一事交给了家里的司机，小朗星因此向他表达了强烈的不满，说他说话不算数。对此他也回应了小朗星，说文晨现在正生他气，暂时不想看到他。

小朗星虽然不知道其中原委，但是回顾上一次自家哥哥来接送自己，文晨那淡漠的表情，便信以为真，也就不再要求哥哥来接送自己了。

两人就这样，彼此都不出现在对方的生活里，直到有一个晚上韩季星忍不住了。他试着发一条短信给文晨，短信里一个字都没有，只有一个笑脸表情，只是这个笑脸最终也沉默于两个不同服务商的信号波中。
　　韩季星对于文晨对他的这种冷暴力，无可奈何。
　　而不久后，宋民佑的出现也是他始料未及的。
　　那天，园子里的工作人员对他说有一位宋先生找他时，他还在想他认识的人中是否有一位姓宋的男人，然后宋民佑就这么门也不敲，直接走进了他的办公室。
　　韩季星从电脑屏幕前抬起头，看着这位突然闯进来的不速之客，说："你不知道你这样很没有礼貌吗？"只是，语气中却没有丝毫责备与愤怒，更多的像是在调侃。
　　宋民佑站在门口，没有往里走，只是开口说："抱歉，不过你们这儿的工作人员太难搞定了，我为了见到你，真的通过了层层关卡，才好不容易到门外了，我害怕他们又把我打发回去，就直接进来了。"
　　"你别站在门口了，先进来坐。"韩季星招呼宋民佑进来，"你要喝什么？"
　　"随便，白开水也可以。"
　　然后，韩季星真的就给宋民佑倒了杯白开水。他把水摆到宋民佑的面前，重新回到了座位上，笑着说："你运气可真好，通常我是不在这里的。"

宋民佑没有接韩季星的话,他拿起杯子喝了一口水,沉默了一会儿,才开口说:"我今天来找你是为了……"

"文晨?"他的话还没有说完,就被韩季星接了过去。

宋民佑看着他。

"你不要这样看着我,我没有看穿人心思的能力,只是我们两个的交集只有文晨而已,所以我稍微想一想就知道你肯定是为文晨而来。"

一想到文晨,韩季星的心就像开了个洞,里面隐逸着的无数情绪仿佛瞬间就能喷涌而出,他却只能硬生生地将它们给强压下去。

"文晨,她这些天,过得不怎么好。"

宋民佑想了很久才决定来找韩季星的,这些日子他大部分时间都在"小溪"里,所以每天都看着文晨装作什么都没有发生过的样子,强颜欢笑。

有一天,他给文晨讲他在非洲的经历,感慨自己还好没有签约韩家的婚纱庄园时,猛然意识到自己的失言。他看了一眼旁边的文晨,发现她只是朝他笑笑示意他继续说下去。可是文晨表现得越是云淡风轻,他就知道文晨心里越在意。

只有在意,才会刻意隐瞒,可惜文晨的演技一向不怎么好。他看到了她眼里闪过的那丝落寞。

"所以呢？"韩季星挑了下眉，示意宋民佑继续说下去。

　　宋民佑思考了一下说："如果可以的话，你能不能去看看她？"

　　韩季星苦笑了一下："我倒是想去找她，但是她却不愿意见我。"

　　"为什么？"

　　"谁知道女人是怎么想的呢？"

　　此话一出，说这句话的人和倾听者都笑了，办公室里沉闷的气氛缓和不少。

　　宋民佑说："我听说你有未婚妻？"

　　韩季星不说话，不承认也不否认。

　　"看来真的是这样，就是那天在饭馆门口和你站在一起的女孩子吧。"宋民佑喝了一口水，继续说，"那个女孩子很漂亮。"

　　"你到底想说什么？我觉得你还是直接说出来比较好。"韩季星并不想听宋民佑进入正题之前那一番没有意义的客套话。

　　"可能这些话由我说出来，有点儿冒失，可是我不忍心看文晨那么难受。我觉得既然你喜欢她，你有没有想过去解除你原本的婚约？"

　　"你在说什么？"

　　"如果你解除婚约了，那么你和文晨之间的阻碍就没有了吧。我不知道有钱人是怎样来决定婚姻的，但是既然还没有结婚，那么一切都应该还来得及。"

韩季星怔了一下，他自认为自己不算太愚蠢，可是在处理他和文晨的关系上他觉得自己魔怔了。他怎么就没有想到可以把自己身上可笑的婚约取消掉呢？就如宋民佑所说，反正还没有结婚，订婚协议解除便好。

把这通压在心底的事想清楚了，韩季星突然觉得办公室的空气好像变新鲜了。

韩季星深吸了一口气，才故意压着嗓子对宋民佑说："你说的我都清楚了，谢谢你的好意提醒。"

韩季星知道宋民佑是喜欢文晨的，两个人虽然总共只见了四次面，但是男人看女人流露出来的眼神他是很清楚的。可是此时，他对于眼前这位情敌生出一股欣赏之情，不仅是因为宋民佑点醒他，还因为他觉得宋民佑的眼光很不错。

待到宋民佑那杯白开水见了底，他该说的、想说的也都已经说完了，他起身向韩季星告辞。韩季星又问他："有没有兴趣来我们婚纱庄园当专职摄影？"

"不了，我觉得我还是当一个自由摄影师比较好，况且现在我在业内的评价还不错，不愁没有活儿接。"

韩季星倒也不勉强，他送了宋民佑出门，刚回到座位上，手机提示音便响了。是祝柏扬发过来的短信，上面说他现在正在和文晨相亲。

韩季星看完这条短信，整个人就炸了。他也没有问为什么，就回了一条你在哪里，然后等了很久才收到祝柏扬回复的相亲地点。可是他现在来不及抱怨，只想赶紧驱车赶过去。

此时此刻的文晨看着眼前坐着的这个人，心中全是郁闷。昨晚果然不应该答应祝老太太的提议，她应该早点儿想到，祝老太太说的那个人，除了她孙子，不会有别人。

昨天下午，祝老太太真的又来了一次"小溪"。

祝老太太一个人搭地铁来看文晨，问她身体好了没，这让她受宠若惊。

"小晨啊，你身体好了没？"

"谢谢您的关心，我只是小感冒而已，早就好了。"

老太太点点头，戴上老花镜瞅了瞅文晨正在创作的一幅画，那幅画就是当日韩季星问她在画什么的那幅。那个时候文晨的脑海里只有些模模糊糊的画面，可从医院出来后文晨的灵感又多了些，现在这幅画隐隐约约有一个男人的轮廓。

祝老太太看着那幅画问："小晨啊，这是画的你男朋友吗？"

"祝奶奶，我还没有男朋友。"

祝老太有点儿替她可惜地说："那抓紧啊，赶紧谈一个男朋友。"

"祝奶奶，我还不着急，这事得慢慢来。"

祝老太太心一动:"小晨啊,要不要奶奶我给你介绍一个?"

文晨看着慈祥的祝家老太太,觉得祝老太太不像是热衷于干这码事的人,她以为祝老太太在开玩笑。

谁知道祝老太太继续说:"小晨啊,我介绍的这个人长得还不错,就是爱玩了些,有点儿没正经的,心肠倒是挺好的。"

"没什么,这只能说明那个人还算风趣幽默,所以心地也很善良。"文晨一看老太太提起那个人的表情就知道,老太太嘴巴上说他没正经,心里肯定还是十分满意的。她不想驳了老太太的面子,便专门挑了句老太太喜欢的话来说,谁知道祝老太太却当了真。

"那你是答应了?我回家就跟那小子说,明天你们约个时间吃饭吧。"

祝老太太十分喜欢她,文晨是看得出来的,不然不会特意打电话问她身体有没有好,还特意坐地铁过来看她,甚至热心肠地要给她安排相亲。她想了想,到底是祝老太太的一番好意,她不忍心拒绝,便也就答应了。

可是,现在文晨一看到祝老太太安排的相亲对象是祝柏扬,顿时就傻了眼,这算是怎么一回事?

祝柏扬在刚看到文晨时也震惊了一下,不过到底是见多识广,这种尴尬的小场面他只用了几秒就恢复了常态,然后在文晨对面那张沙发上坐下来。

祝柏扬说:"我家老太太非得逼着我来这里相亲,我不来,她差点儿对我用家法,说人家小姑娘可是她厚着脸皮求着答应的,让我不来也得来。我倒没想到老太太口中的小姑娘就是你。"

"我也没想到会是你。"

"既然坐在一起了,也是缘分,一起吃顿饭吧。"

"好啊。"

用餐期间,两个人倒是没怎么说话,文晨安静地吃着眼前的那份意面。而祝柏扬似乎很忙的样子,不断有人跟他发短信,后来还有人直接给他打了个电话。文晨只听到祝柏扬一直在"嗯嗯啊啊"地回答,也没有说什么其他的话。

一通电话完毕,祝柏扬才问她:"你说韩季星那小子要是知道我在和你相亲,会不会想杀了我?"

文晨没想到祝柏扬会突然这么问她,一时之间不知道该如何回答是好。

"我估计会,所以我已经提前自首,告诉他我在这里和你相亲了。"

"你跟他说了?"

"说了,我刚才一直在跟他打电话,那小子估计现在正以200码的速度朝这里赶过来。"

200码的车速到底有多快文晨不知道,她看祝柏扬那副神情以为他夸张了不少。

可是没过多久，韩季星真的就出现在了她面前。

文晨看着大步向她走过来的韩季星，心颤了颤。

韩季星挨着祝柏扬坐在同一张沙发上，他坐下来喝了一口祝柏扬杯子里的橙汁，然后一言不发地看着文晨。

文晨已经多日不见他了，加上最近自己对他冷淡的态度，文晨现在光是这么被他看着，心里就发了慌。她脸颊发烫，想起身去洗手间，用冷水洗把脸，缓解一下尴尬的情绪。

谁知韩季星以为她要走，立刻伸出手拉住了起身欲走的她，又把她拉回沙发上坐着。

祝柏扬在一旁看着热闹，一副唯恐天下不乱的样子。

"你先别急着走，我知道你现在不太想见到我，我说完这些话就走。我那个时候对你说的那些话，没有考虑到你的立场，没有想到我此时还有一个挂名的未婚夫的身份，所以对此我很抱歉。但是我也不打算收回那些话，我说的一字一句都是认真的。你也不必急着回答我或者拒绝我，我会去好好处理我的婚约，等我处理好了，我会再来问你。只是现在，有一点我必须要告诉你……"韩季星深吸了口气，继续道，"我对你是真心的。"

"我从来没有遇到过这种情况，对一个人的感情或者说那个人的存在对于我而言都是特殊的，所以那天我一时间也不知道该如何处理。可这些天我想了很多，我很在乎你，所以我不会让你成为众矢之的，也恳求你不要把我拒之门外。"

恳求？祝柏扬眼中闪过一丝诧异。韩季星那么高姿态的一个人，如今却为了眼前这个女人把自己放到了尘埃里。这个女人果然不一般，怪不得自家老太太也那么喜欢她。

韩季星说完这些话，没有等文晨回答，转身就走了。此时此刻的他竟有些害怕听到她的拒绝。

而文晨看着韩季星远去的背影，只能把已到嘴边的那句"好的"默默咽回肚子里。

这些天来，她也慢慢想通了一些。

其实韩季星也没有做错什么，他也是这场阴错阳差爱恋的受害者，他不是罪人，只是喜欢自己而已。就如电影里说的那样，喜欢一个人没有错，但是也只能到喜欢为止了。

她开始一点点地体谅他，一点点地宽慰自己，但是体谅归体谅，她不能代替莉莉去原谅他，她也不允许自己这么做。

她觉得韩季星好像和心中的流川枫慢慢融为一体，以前她一直都有一个疑惑——

在她眼中，韩季星到底是在日本偶遇的路人，还是心中11号球衣少年的投影。

但是现在她觉得不管是路人还是投影，都没关系了。因为她曾经想要的答案，曾经希望11号球衣少年在她提出分手时，给她的坚定，现在韩季星全给了她。而她也有把握抓紧这份坚定，并赠予他一份信任。

祝柏扬说："你看起来很高兴？"

文晨回应他："为什么不呢？"

"也对，毕竟刚刚有人捧出一颗真心，对你说了那么一番感人肺腑的话，换成我是女人，我也无法拒绝他。"

"所以我需要谢谢你今天把他叫过来吗？"

"我可没有把他叫过来，我只告诉了他地方，他自己想找过来罢了。"祝柏扬喝了一口橙汁，"不过，我可提醒你，以我对唐家莉的了解，那场婚约绝对不是韩季星说取消就可以取消的，你需要做好心理准备。"

"谢谢你的好意提醒，不过我应该相信他，不是吗？"

祝柏扬只是笑笑，没有再说扫兴的话。现在该轮到他来思考，怎么跟家中那位老太太交代这场相亲的结果才好，如果单纯地说文晨没有看上他，他恐怕会被老太太逼着追文晨吧。

想到这儿，祝柏扬不免觉得有些烦躁。

第十三章

在她心里，
他就像一个战士

冯青娅回到家时，已经很晚了。她开门时屋内漆黑一片，她在玄关处换下高跟鞋，揉了揉自己的脚踝，刚准备去开灯。

客厅的顶灯却一下骤亮，光亮立刻填满整个客厅，冯青娅这才看见坐在沙发上的韩季星。

"为什么不开灯？"

"灯光太刺眼。"

"怎么还没有去睡觉？"

"等你。"

冯青娅没有再说话，她拿了杯子去厨房倒了一杯凉白开，然后坐在客厅那张单人沙发上，优雅地把右腿叠在左腿上，才说："你要和我说什么？"

两个人相处那么多年，冯青娅当然了解韩季星绝对不会是担心她这个继母，所以才等到现在。

"我要和唐家莉取消婚约。"

"这不可能。"

"不可能也要取消，我只是通知你，而不是征求你的意见。"

"为什么？这个婚约当初可是你自己答应的，我可没有逼你。"冯青娅不动声色地说。

"当初是当初，现在是现在。"

"那至少你得告诉我，现在你为什么突然要解除婚约？"

韩季星没有回答冯青娅。

见韩季星沉默不语，冯青娅脸上带了一抹笑，带着揶揄的语气说："你不说我也知道，是因为另一个女人。一个叫作文晨的女人，她开了一家艺术工作室，叫作'小溪'，也就是你送韩朗星学画画的地方。"

韩季星震惊了一下，他没有想到继母会了解得这么清楚，但是惊讶没有存留太久，就被愤怒所取代。

"你查我？"

"那是因为我看你前阵子魂不守舍的样子，担心你。"冯青娅依旧不改神色，面容平静，"我这是关心你。"

韩季星听到这句话，并没有觉得感动，只觉得颇为刺耳。

"你少对我惺惺作态，我不是你的那些客户，你的那一套对我不起任何作用。"

冯青娅听了这话，也没有动怒，只是继续说："你以前交往过的女朋友，一个是酒吧驻唱歌手，一个是娱乐圈的小模特，还有两个人是你在国外认识的女同学。从你交往过的女朋友来看，我实在想不通你为什么会喜欢上那个叫作文晨的姑娘，或许你只是一时想换换口味？在这方面只要莉莉没有意见，那我也不会有意见。但是取消婚约，我只能认为你是一时冲动。"

"冯青娅，别做出一副你很了解我的样子，收起你的自以为是，我谈过几个女朋友她们以前都是干什么的，丝毫不影响我现在要取消婚约的决心。我到现在才知道，原来你一直都在调查我，你既然那么喜欢调查我，那么你就应该知道我现在并不是在跟你商量。"

"谁年轻时谈恋爱都会想着要跟那个人一辈子在一起。可是以我对你的了解，你并不是一个会被爱情冲昏头脑的人，你很聪明能看清楚事实，也了解爱情终究会败给现实的残酷，所以你才会同意与莉莉的婚约。既然你之前能看得那么透彻，为什么现在要放弃一段对你的事业前途大有帮助的婚约，而去选择对你毫无帮助的所谓的真爱？季星，我是为你好，在柴米油盐中被消磨掉的感情我见过太多了。"

韩季星轻蔑地一笑："那你呢？我爸当初和你在一起时，别忘了，当初的你什么也不是。"他说完这句话就走进了卧室，卧室门"砰"的一声被他重重地关上，只留下冯青娅一个人徒留在偌大的客厅里。

一直都很平静的冯青娅终于因为继子最后一句话而改变了神态，她颤抖着双手拿起桌上的水杯喝了一口水。冰凉的水，带起了她心中的阵阵寒意。她躺在沙发上闭了闭眼，努力让自己恢复刚才的镇定自若。

韩朗星在卧室里听见了声音，他揉了揉眼睛，打开卧室门探出头往外看："妈妈，刚才怎么了？"

听见自己儿子的声音，冯青娅终于收起了心中的寒意，生出些许安慰，她走过去摸了摸儿子的头："没什么，宝贝你快点儿睡吧，明天还要早起上课呢，明天妈妈送你去上学。"

"妈妈，你又和哥哥吵架了吗？"

"没有，你听错了。"

回到卧室的冯青娅，从房间里最高的柜子上翻出一本相册。相册已有些陈旧，有好几页的边角已经翘起，可以看到夹在中间的黄色纸板。可相册虽然有些旧了，却没有一丝灰尘，在白色的页面上还可以依稀看到指纹印记，看得出这本相册应该经常被冯青娅翻阅。

冯青娅看着那一张张熟悉的婚纱照，思绪也慢慢陷入回忆中。

十二年前，还很年轻的冯青娅第一次踏入韩家的婚纱庄园。

那个时候韩启礼和前妻刚刚离婚，前妻带走了婚纱庄园的大半股份，婚纱庄园显得很萧条。韩启礼为婚纱庄园的事忙得焦头烂额，因此特意对外公开招聘一位助手。

婚纱庄园里种了一排桃树，当时正是桃花盛开的季节，可惜婚纱庄园的桃树由于很久没有人打理，树上的桃花稀稀疏疏的。工作人员把冯青娅带到韩启礼面前时，韩启礼正戴着一顶编织草帽，脖子上挂了一块乳白色的毛巾，手里拿着锄头给桃树松土浇水，看上去像一个普通的农民，不像是管理这个婚纱庄园的主人。

冯青娅就这么呆呆地站在那里，看着韩启礼处理完一棵桃树。

韩启礼对她说："你不要介意让你在这儿等啊，现在整个园子没有那么多资金来请人打理这些东西了，所以我只好亲力亲为了。"

冯青娅说："没有关系，韩总。"

"别叫我什么总的，你还不如叫我园长呢。"韩启礼说完这句话拿毛巾擦了下脸，自顾自地放声笑了，然后问她，"小姑娘，你来帮我浇水吧，我松土，你来浇水。"

冯青娅应了一声好，就走过去接过了韩启礼给她的水壶。他松土，她浇水，两个人为那一排桃树一直忙活到太阳西沉。

残阳斜照，勾勒着那一排花开得并不茂盛的桃树的轮廓，韩启礼看着桃花喃喃自语："等到明年，应该就会好了吧。"

冯青娅以为他在说桃树，应声回答："明年应该就会热闹很多了。"

韩启礼转过头对她说："你明天就可以来上班了。"

冯青娅愣在原地，她没有想到就这样通过了面试。

此后她陪在韩启礼身边，成为他的左右手。她听他描绘他的理想，他说要把韩家的婚纱庄园做成世界一流的，她默默记在了心里，把他的理想当成了自己的理想。

冯青娅还记得，韩启礼带她去见韩家老爷子时的情景。

"我是绝对不会同意的。"韩老爷子当时是这么跟她和韩启礼说的。

韩启礼就当着她的面朝韩老爷子跪下来："爸爸，你同意也好，不同意也好，我是一定会娶青娅的。"

冯青娅那个时候还很年轻很怯懦，她跟着韩启礼跪下来朝着韩老爷子磕头，一句话也不敢说，生怕说一句错一句。

韩老爷子说："启礼，你年轻有为，虽然离了婚带着一个孩子，但是也不至于要娶这么一个黄毛丫头啊，你娶了她将来要吃苦头的。"

"爸爸，我不会后悔的，青娅了解我，也了解婚纱庄园，我会和她一起经营好婚纱庄园的。我当初听从你们的，已经有了一次失败的婚姻，这一次我不会让步的。"

冯青娅也跟着说："伯父，您相信我吧，我会把韩季星当亲生孩子看待，会好好照顾启礼，也会好好侍奉您的。"

也许是被两个人的话给打动了，再加上韩老爷子本就对韩启礼存了愧疚之心，所以他摇了摇头，最终还是点头同意了。

韩老爷子一直认为当初如果不是他只顾家族联姻逼着自家儿子娶了一个丝毫没有感情基础的女人，也不会让儿子的事业一落千丈，更不会让自己的孙子失去了母亲的疼爱。

冯青娅只记得当时她喜极而泣，韩老爷子说了些什么她全然没有听到。

现在已经不再年轻的冯青娅翻看着一张张老相片，深藏在记忆里的丈夫的模样越来越清晰。她发现大儿子越来越像韩启礼了，特别是眉毛和鼻梁，就像是复刻的一样。想起今天和韩季星的谈话，她感叹到底是两父子，韩启礼当年带着她去见韩老爷子时的神态和今天韩季星跟她说话的神态太相似了。

冯青娅看着照片，手指慢慢地抚摸照片中那个搂着她的男人。她像真的能触碰到丈夫的肌肤，感受到丈夫的体温一样，叹了一口气，嗔怪道：“真是你的好儿子啊！”

房间里只有冯青娅一个人，没有人能听到她的那句话，也没有人会给予她回应，那句嗔怪随着晚风一个字一个字地破碎在空气中。

冯青娅在送韩朗星上学以后，让司机开车送她到了"小溪"。她想了一个晚上，觉得或许自己来见见那个叫作文晨的姑娘比较好，当然她是瞒着韩季星来的。

她推门走进"小溪",文晨正在画画,看到有人进来,赶忙把手中的画笔放下,去招呼进来的顾客。

冯青娅进来时一句话也没有说,只是像普通客人一样参观浏览着"小溪"。她看到自己感兴趣的物品也会凑近去看看,可是文晨却感觉到了一股莫名的压力与紧张,心跳有些微微加速。

都说女人的直觉是不讲道理的,文晨的直觉告诉她,面前这个客人不是寻常客人。

"您需要什么风格的东西?我可以给您推荐推荐,这里的东西大多数都是一些新锐艺术家的作品。"文晨跟在冯青娅的后面说道。

冯青娅说:"不用,小姑娘你去忙你的吧,我就是随便看看。"

文晨回到方才的座位上,还是忍不住多看了两眼这位陌生的来客。冯青娅穿着一条玫瑰色的雪纺连衣裙,胸前别了一枚百合花样式的胸针,闪闪发亮,这让她觉得眼前这位贵妇人身上散发着特殊的气质,对自家店里的东西应该不会有多大兴趣。

果然,她发现冯青娅在不经意间打量自己,她皱了皱眉头,语气里带了些不情愿:"请问,您是来特意见我的吗?"

冯青娅没有想到文晨问得那么直接,不过她也很快做出了该有的应对:"你很聪明。"

文晨一挑眉,又站起身来:"可能我察言观色能力还不错吧。"

冯青娅问:"你认识我吗?"

文晨摇了摇头。

看见文晨困惑的样子,冯青娅倒也不继续为难她,告诉她:"我是韩季星的母……"冯青娅语顿了一下,改变了用词,"准确来说我是韩季星的继母。"

听到继母二字,文晨原本就微微加速跳动的心现在跳动得更快了,她更加紧张了。

现在谁能告诉她,她要怎么做?

"阿……阿姨。"

"你不要紧张,我今天只是来随便看看。"顺便看看你,后半句话冯青娅没有说出口。

冯青娅问:"你多大了啊?"

"二十三岁。"

"家里面有什么人?"

"爸爸、妈妈,还有一个妹妹。"

"爸爸妈妈都是做什么的呀?"

文晨没有回答。

如同所有的母亲一样,在看到自己孩子钟情的对象时,他们首先做的都是对家里人的盘查,就算是身为继母的冯青娅也不例外。不过冯青娅很快就意识到了自己的失态,她及时停止了这样没有礼貌的盘问。

她走到文晨画的那幅画前，那幅画里，画的是一个战士，战士穿着盔甲，手里拿着一柄剑，身子已经画了大半，五官却还很模糊，因为文晨一直不知道她想画成什么样子。

冯青娅看了看，脱口而出："这是韩季星？"

她这一句话对文晨来说，如同醍醐灌顶。原来，她凭着脑海里模模糊糊的印象，犹犹豫豫又迟迟疑疑画出来的竟然是韩季星。她用画笔一笔笔勾勒出韩季星投映在她心中的倒影，他对于她来说，就像个战士。

文晨有些不好意思让冯青娅看到这幅画，她侧过身，挡住了冯青娅的视线。

冯青娅看到文晨的神情与动作，立刻就明了了，也不戳破，只是笑笑。

"其实我今天来，就是想来看看你，还想告诉你，韩季星已经跟我说了，他想解除他和莉莉的婚约。"

"他，他已经说了吗？"文晨没有想到韩季星这么快就和家里人说了。

"嗯，可是我说我不同意。"

听到这句话，文晨的心沉了沉，指甲深深陷入手心里，手心都被掐出了白色的月牙形的指甲印。

冯青娅接着说:"可是他的态度很坚定,坚持说一定要取消婚约。"

"阿姨,您是来试探我的吗?我不知道他是怎么跟您说的,但是他让我等等他,他说他会处理好这件事的,我也很相信他。如果您今天是想来劝我的话,很抱歉,可能我要让您失望了。韩季星无论要做什么,都不是我能决定与干涉的。我只要在这里做好我自己的事。"

文晨鼓足勇气把这番话说完后,她长吁一口气,反正该表的态度她都已经表了,在冯青娅面前倒也不再那么紧张了。

"其实你不用那么认真。"没有文晨预想中的动怒,冯青娅反倒宽慰她,"我看了好几幅你的画,你的画还不错。"

"啊?"文晨的思维有点儿跟不上冯青娅了。

"我说我很喜欢你画的画,今天我突然来这里,是我冒昧了,还请你不要介意。司机在那边也等我很久了,我也该走了。"

"啊,那阿姨,您慢走。"

"哦,对了,我希望你不要告诉季星,我今天来过这里。"冯青娅往外走了几步,又回过身来向文晨交代。

"好的,阿姨我不会说的。"本来文晨也没打算把这个告诉韩季星,告诉他不就是打小报告了嘛,她没有那么小心眼儿。

文晨站在门口,目送着冯青娅离开。

她不知道冯青娅今天突然来这里到底是为了什么,难道仅仅是为了告诉自己她不会同意韩季星提出的悔婚吗?但是为什么后面态度又转变得那么快?冯青娅今天的举动让她摸不着头脑。

文晨思索着,重新坐回画前,她看着自己画的战士,想起冯青娅一眼就看出她藏在心底的影像,不由得脸红了红。她拍了拍自己的脸,暗暗在心底对自己说:"真是不害臊。"

第十四章

他与她的第一个拥抱

韩季星坐在西餐厅里,看了看手表,他等的那个人已经迟到五分钟了。不过没关系,他一点儿都不介意。

昨天晚上冯青娅特意回得很早,韩季星回来看到冯青娅时,没有搭理她,脸上露出不屑,径直往卧室里走。谁知道,冯青娅倒是叫住了他。

"你等一下,我有事和你谈。"

"我觉得我和你没有什么好谈的。"

"如果是关于你要取消婚约的事呢?"冯青娅也不恼。

"那你说说看?"这让韩季星生出了兴趣。

"我同意你取消婚约的事,但前提是你需要征得莉莉的同意,也就是说只要莉莉同意了，那我就没有问题。"

当时，韩季星看着他的继母，第一次觉得继母没有那么讨厌与碍眼。这个女人在很年轻的时候就嫁给了自己的爸爸，那个时候因为爸爸妈妈的离婚，妈妈带走了婚纱庄园的大部分股份，婚纱庄园经营得很艰难。其实他那天说得也有点儿过火，冯青娅嫁给他爸时，虽然一无所有，可是他们家也并没有很好的条件。

冯青娅现在依旧很年轻，她才三十来岁，比自己大不了多少。爸爸因为车祸去世以后，她也没有再改嫁，一个人撑着韩家，既要处理商场上的事，又要照顾他和韩朗星，现在想来她也很不容易。

韩季星突然觉得他以前对冯青娅太苛刻了些，甚至苛刻到有些刻薄。

韩季星从小就不喜欢冯青娅，在他的潜意识里，如果没有冯青娅的出现，或许自己的爸爸和妈妈还有复婚的机会。在他读高中的时候，冯青娅对他很好，嘘寒问暖，可那个时候他很是叛逆，觉得冯青娅的假意关心让他很恶心，更加排斥她了。

他用恶毒的语言去攻击她："你不用在我面前装模作样，你这个样子只会让我更恶心你。"可是冯青娅就像没有听到这些话，一声不吭地往他书包里放酸奶。

高二那年，他做了一件让冯青娅很难堪的事。

青春期的男生冲动莽撞，打架也是屡见不鲜。有一天，他和隔壁班的一个大个子打架，一时冲动用一根木棍砸了大个子的头部。班主任通知双方家长来学校，爸爸对他说丢不起那个人不肯去，还是冯青娅作为家长来了学校。

他站在旁边冷冷地看着冯青娅向老师、大个子和大个子的家长一一鞠躬认错，却没有丝毫愧疚感，只觉得她的行为很刺眼。他认为冯青娅每鞠一个躬都让他的面子往下掉一层，终于他怒不可遏，恶狠狠地说："谁让你来的，你又不是我妈凭什么来道歉，多管闲事。"

他抛下这句话，就冲出了办公室，只留下冯青娅在教师办公室。他不知道冯青娅的表情如何，他只知道那时出去的他为自己让冯青娅难堪而得意扬扬。

昨晚，他想着这些事，心中五味杂陈，难得地向冯青娅说了一句："谢谢。"

因为这次，他没有说完就走，所以他看到冯青娅脸上露出了欣慰的表情，可那欣慰的表情却让他觉得浑身不自在。

"对不起，我来晚了，路上有点儿堵车，早知道我就不开车过来了。"

唐家莉的声音把韩季星从回忆里拉回到了现实，他看看手表，说"没关系，也才过了一刻钟而已，不算太久。"

一刻钟而已，如果唐家莉愿意答应他的请求的话，他觉得就算等上十个一刻钟也没有关系。

"对了,你找我有什么事?"唐家莉一边翻看菜单一边问韩季星,眼睛在菜单页面上下浏览了一遍后,对站在那里的服务员说,"还是和他一样吧。"

韩季星问:"你都不知道我点的什么,你就和我要一样的?"

唐家莉笑答:"因为我不仅相信你的品位,还相信你的口味。"

韩季星没有再说话,眼睛里却带了些狡黠。

很快服务员送上来两碗蛋炒饭,这让唐家莉很意外,她惊讶地问韩季星:"为什么你只点了蛋炒饭?"

他摊了摊手:"本来,我就是想等你来了再点的。"

"那蛋炒饭就蛋炒饭吧。"

这顿蛋炒饭之宴两个人吃到一半,唐家莉才问他:"说吧,你想要我帮你什么忙?"

"你怎么知道我要让你帮忙?"

"因为,如果你要不是有求于我,我想你不会请我吃这顿饭的。"唐家莉说得干脆。

听完了唐家莉说的话,韩季星正襟危坐,郑重地说:"我今天是想跟你说,我想取消我们的婚约。"

"你再说一次。"唐家莉此刻正在低头吃她的那份蛋炒饭,就像是什么山珍海味,让她大快朵颐。

"我想取消我们的婚约。"

唐家莉终于从她面前那碗蛋炒饭里抬起头,问他:"为什么?"问完又不等他回答,自嘲道,"其实我这是明知故问,你又不喜欢我,迟早会有这么一天的。"

唐家莉的表情让韩季星觉得很愧疚,他低下头,不再去直视她的表情:"很抱歉。但是我想说就算我们在一起,你也不会开心的。"

"如果我说乐意呢?"

韩季星依旧没有改变措辞:"那还是对不起,因为我必须要取消婚约。"

唐家莉往嘴里塞了一口饭,来掩盖她哽咽的语气,她胡乱地咀嚼着嘴里的那口饭,发出含糊的声音:"如果你一定要取消,也可以,不过你得答应我一个条件。"

"什么条件?"

"你好好当我男朋友一个月,我说什么你就做什么,如果你表现好我就跟我爸说取消婚约。"

韩季星思考了一下,他有些迟疑,问:"任你所用?"

"差不多就是这个意思吧,不过我可以保证我不会为难你的。"

韩季星犹豫地说:"让我考虑一下。"

"你要考虑多久?"

"你给我多久时间考虑?"

唐家莉面前那碗蛋炒饭终于光了盘，一粒米都未剩。她抽了张纸巾擦擦嘴，站起了身，望着还坐在对面的韩季星，她轻笑了一下："今天，就今天，十二点之前你不给我回复的话，就算无效了。"

那取消婚约的事，也就别想了。

她说完这句话，拎着包头也不回地走了，剩下韩季星一个人坐在原位，蹙眉思考。

韩季星在那里想了很久，那碗蛋炒饭他也只吃了几口，现在已经凉透了。

他想了很多东西，如果答应唐家莉的提议，她会要求自己做些什么，会不会为难自己？还有文晨该怎么办，他要不要问问她的意见？

一连串一连串的疑惑在他的脑海盘旋，他想去揣测一下唐家莉提出这个要求的用意，甚至回想了一下关于唐家莉的记忆。

他记得唐家莉高中和他同校，虽然交集不多，却也是久闻大名。唐家莉就是那种长相漂亮、性格开朗、家境优渥、深受老师喜欢的学生。她是朗读比赛场上一定会出现的人，是校园艺术节一定会为她留有一个节目空缺的人，是学生会干部选举得票数一定名列前茅的人。

让韩季星印象最深的一件事就是有一天不知道哪个班的男生向

唐家莉表白，那个男生就在旗杆下面大声地叫唐家莉的名字，一声一声地喊"唐家莉，快出来"。

教学楼的走廊上很快就挤满了看热闹的人，一架无人机上挂着一封信被那个男生操控着飞到唐家莉面前，不用想都知道那是一封情书。可是唐家莉取下那封情书，当场就把它撕成两半，然后对着无人机用力一拍，那驾小巧的无人机就堪堪掉落在那男生的脚边。男生弯腰捡起那架无人机，此时唐家莉已经跑到了他的面前。

韩季星当时站在离那个男生不远的地方，所以那个男生的表情他可以尽收眼底。他看见男生的表情由激动变为失望，等到唐家莉走到他面前时，又变成了期待。男生的脸就好像变脸戏法一样，让素来对这种校园表白不屑一顾的他也耐着性子继续看下去。

然后，唐家莉对那个男生说的话他也听得一清二楚。

"对不起啊，我不喜欢你，所以你的表白信我撕了。不过，这位同学，你的表白方式我还是蛮喜欢的，我们可以做朋友的。"

刚才还气势如虹大声叫着唐家莉名字的男生，在真人面前立刻就变成了被戳破的气球。他唯唯诺诺地答应了唐家莉，连脸上的两颗青春痘似乎都瘪了下去。

他说："嗯嗯，好……好，其实我也只想着跟你当好朋友。"

"嗯,对了,同学,你这架飞机真是太酷了,是你自己制作的吗？"

"是啊，你要是喜欢的话就送给你吧。"

"真的吗？同学，你人真是太好了。但是马上要上课了，我们还是回教室吧。"

在一旁冷眼旁观的韩季星只是觉得很好笑，唐家莉三言两语就把这个尴尬场面化解了，而且还轻轻松松地获得了那架制作精美的无人机。只是，唐家莉称呼那个男生同学？也就是说她连给她写表白信、送无人机的男生的名字都不知道。

真是，有意思。

他还记得那时唐家莉走进教室之前，朝他甜甜地笑了一下，那个笑让他霎时背部发麻并迅速蔓延至全身，以至于时至今日都还记得。

他从那个时候大概就知道，唐家莉就是一个前一秒捅你一刀子，后一秒喂你一颗糖的人。

这样子的人，高深莫测，难以捉摸。

实际上，他跟唐家莉不算深交，但是他的继母和唐父是一个商圈里的人。

商界里的人喜欢簇拥热闹，他们好面子，经常会搞一些活动还有聚会，邀请各路名流凑在一起，表面上大家欢声笑语、谈天说地，实则互相炫耀、互相攀比。唐家莉是唐家的独女，是唐家父母的掌上明珠，所以他记得唐家为唐家莉办了一个十八岁的成人礼派对，而他也去参加了这个派对。

那时,他还问过冯青娅,这种派对有什么好参加的,一点儿意思都没有。冯青娅说:"你是不知道有多少人想带着家中的儿子去参见唐小姐的生日派对。"

他看到唐父当着众人的面送了唐家莉一颗硕大晶莹的粉钻,引起众人的哗然,甚至第二天各大报纸娱乐版块的头条,标题都是"富商为庆祝爱女生日,所送之礼价值不菲"。

唐家莉要的东西应该从来没有得不到的吧。

韩季星扒了两口蛋炒饭进嘴里,已经凉透了的米饭变得又硬又干,难以下咽。他喝了口水,平复一下心绪,叫来服务员买了单。他决定先去找一下文晨,再决定是否答应唐家莉的要求。

白色小轿车停在了韩季星经常停的停车位上,那个停车位好像就是专门为他而留一样,他每一次来这里都是空空如也。这让他觉得莫名的舒坦,总觉得这一片小区跟他很有缘分,有一个专属于他的车位,还有一个专属于他的人。

走进"小溪"里面,文晨正侧着脸趴在桌子上熟睡,她睡得很香甜,以至于韩季星进了门,店里发出的那句机械的"欢迎光临"也没有把她吵醒。

室内一片静谧,韩季星能听到文晨轻浅的呼吸声。他不忍心叫醒她,就站在店内安静地看她睡觉。

时光经过这间屋子时,好像故意放慢了脚步,不愿意打扰屋内的两个人。

韩季星也不知道他站着看文晨看了多久,只是觉得有一种麻麻的感觉从脚掌升起,他动了一下右腿,这种酸麻的感觉更加强烈了。

不能这样一直站着,他踮着脚,轻轻地走到文晨的身边,继续看着趴在那里熟睡的文晨,心想她的手臂应该也已经麻了吧。

他发现文晨的睫毛在阳光的沐浴下,一根一根清晰可见,他激起了好奇心,在心里默默地数着文晨的眼睫毛:

"一根、两根、三根……"

他越数越靠近,也不知自己是为了看清楚眼角阴影处究竟有几根眼睫毛,还是单纯地想要离她更近一些,好将她此刻美好的模样全部刻在心底。

他弯下腰,身体倾向文晨。此时此刻,他的眼睛里只有文晨的脸庞。

他看着文晨的脸颊,心底慢慢生出旖旎之情,他突然很想亲吻面前这张脸。他低下了头,离文晨的脸越来越近,呼出的热气吐在文晨的脖子上,让她觉得痒痒的。

文晨用手挠了挠自己的脖子,再睁开眼睛时,就看到韩季星的脸正放大好几倍出现在她的眼前,她心里一惊,睁大了双眼。

打算"图谋不轨"的韩季星,也被文晨突如其来的睁眼给惊到了,他呆呆地看着文晨。

一时之间，四目相对。

时间好像定格在此。

突然，文晨回过神来，她想要拉开距离，可被枕了太久的手臂酸麻难忍。她手一动，桌子上的笔记本、铅笔、剪刀，还有各种各样的东西哗啦哗啦全被手臂扫了下来，这剧烈的声响让被按了暂停键的时间画面终于又重新开始播放。

韩季星低低地笑了一声，弯下腰去捡掉落一地的物品。

"你来了怎么也不叫醒我？"文晨抱怨道。

"我看你睡得香，不忍心打搅你的清梦。"

文晨嘟囔：''那你也应该叫醒我啊。"害得她大惊失色。

"是是是，都是我的错，我应该叫醒你的。"韩季星把掉落的东西一一捡起重新放回了桌面上。

"你来找我干吗？"

"感觉很久没有看到你了，过来看看你。"

顺道来做个决定，这次不想再一时冲动了。

在文晨睡着的时候，他看着文晨的睡颜想了很多。文晨和唐家莉对于他，根本就不是红玫瑰与白玫瑰，文晨是他墙上的蚊子血、是他的床前明月光、是他衣服上的饭粒，也是他心口的朱砂痣，他现在想要的唯有文晨而已。

"嘿，你在想什么呢？"

"我在想你的那幅画啊。"他伸手指了指立在那里的画板。

文晨倒也大方起来，反正已经被他看到，再遮遮掩掩的倒显得她忸怩了："你觉得我画得怎么样？"

"挺好的，不过我真人比画里的人更帅。"

"呸！"文晨走到那幅画面前，仔细地端详了一阵，"我倒觉得把你美化了。"

"这幅画还要多久才能完工？"

文晨仔细思考了会儿，说："还要一个多月吧，有些地方我不满意打算重新画过，我还要给它上色呢。"

"那一个月之后，把它画完送给我，好不好？"韩季星说得很真诚，他是真的想要这幅画。

"那我要再考虑考虑，"文晨逗弄他，"看你的……"

文晨的话还没有说完，她就被韩季星拥住了，那句"看你的表现"也失声在这个拥抱中。

这是他们认识这么久以来第一次拥抱，也是至今为止他们最亲密的一次接触，明明两个人对彼此的心意早已经心知肚明了。

文晨心里有些触动，那一瞬间她想到的是她不能这样做，因为莉莉还是他的未婚妻。但几秒过后，她却抬起了自己垂落的双手攀上了韩季星的背，回拥住了他。

去他的理智吧!

如果因为这个拥抱要接受众人的批判,她也愿意。

她沉溺在他的怀抱中,任他温热的呼吸喷在她的脖颈,听他在她耳边认真地说:"一个月之后我来取这幅画。"

那声音,听起来就像在说一个约定。

第十五章

唐大小姐和她家的小韩爷

韩季星回到家时，家中只有阿姨在做家务，他跟阿姨打了个招呼就去了自己的卧室。刚躺在自己柔软的大床上，他就忍不住舒服地叹息了一声。

从他答应唐家莉的要求开始，终于快一个月了，这一个月实在是太难熬了。

他对唐家莉的各种奇怪要求简直是叹为观止。

比如说，有一次唐家莉一个人在家肚子饿了，给他打电话让他送外卖过来。那个时候他正好在婚纱庄园忙，好意告诉她可以点外卖，现在外卖网站那么多，随便选一个不就好了。可是唐家莉就是不肯答应，非得让他亲自送过来。

唐家莉说:"不是说好好当我男朋友一个月吗?"

他说:"大小姐,现在我在忙正事。"

唐家莉说:"你这样会让我怀疑你的诚意哎,那么这一个月之约还是取消了吧。"

他无可奈何,只好买了外卖,亲自送到唐家莉家中。谁知道这位大小姐对此还不满意,双手叉腰告诉他,她不吃外卖,她要他亲自下厨做饭给她吃。

他说:"我不会做饭,只会下面条。"

唐家莉说:"那你就去下面条给我吃吧。"

好不容易磕磕绊绊做好一碗面条,端到大小姐面前,谁知道大小姐看了一眼,傲娇地说:"为什么,你不给我盖一个荷包蛋?"

那个时候,他的内心是崩溃的。他很想把面碗推到唐家莉面前,冲她喊"爱吃不吃,我就伺候到这儿了"。可是,他不能,他没得选择,只能乖乖地又去厨房给大小姐煎了一个荷包蛋。

再比如说,唐家莉养了两只猫,一只白色的、一只黄色的,他把白猫就叫作小白,黄猫就叫作大黄。唐家莉在第二个星期出门远行的时候,就交给他一个任务,每天去负责小白与大黄的吃喝拉撒。

不是可以请阿姨吗?实在不行难道不可以送宠物店代为看管吗?他心里一万个不情愿去给小白和大黄当"铲屎官",因为他第一次见到这两只猫时,这两只猫就把他的衣服给抓破了,这是两只对他非常不友好的猫。

大小姐临走时跟他说:"我给我的两只猫称了体重,等我回来少了一两肉,那么你的考查就是不合格。"

唐家莉甚至买了一台指纹打卡机,把他的指纹录进去,每天早中晚要求他按时打卡伺候两位猫大爷。

他不仅要好好地把人伺候满意了,还需要好好地把猫伺候好,两位猫大爷还是特别难伺候的那种!

祝柏扬因此笑话他:"韩少爷,没想到你也有被唐大小姐治的一天。"

他一边给猫处理粪便,一边无奈地说,人在江湖,身不由己。然后,一不小心,手就蹭到了猫大爷的粪便,他觉得额头太阳穴的血管正在突突往外跳,旁边祝柏扬的笑声在他听来尖锐而又讽刺。

还比如说唐家莉有一次看中了一个手工钥匙扣,大小姐暗示他买下来送给她,可是又不告诉他店铺在哪里,让他自己在这么大的S市找,美其名曰考验他的诚意。

当他好不容易找到那个手工店,店主却告诉他,唐家莉看中的那款钥匙扣已经被人买走了。

他无奈,只能告诉大小姐这个情况,谁知道大小姐却教训他,你为什么不早点儿买下它给我,害得我喜欢的物品被人买走?于是,他只好又费尽千辛万苦,求着原作者重新制作了一个一模一样的钥匙扣。

就在他拿到新的钥匙扣，准备送给大小姐时，大小姐掏出了钥匙，钥匙上的挂坠和他手中的钥匙扣一模一样。

他不知道当时他脸上是怎样的表情，但是他记得唐大小姐笑意盈盈地告诉他。

"我就是为了考验你的诚意才故意那么做哦。"然后，她把新钥匙扣挂在他的钥匙串上，"你看这样多般配。"

般配吗？他可不那么认为，他只是觉得自己被耍得团团转。

唐家莉有一百种方法让他东奔西跑，而他却无可奈何。

这一个月，他几乎事无巨细地做着唐家莉要求的任何事。他看起来真的像一个很好的男朋友，因为唐家莉挽着他的手去逛街时，总会有卖花的小女孩儿跑过来跟他说："大哥哥，给漂亮姐姐买枝花吧。"或者是商场的导购员跟他说："先生，你和你女朋友需要买情侣对戒吗？"

这时候，他总会问唐家莉："你需要吗？"

唐家莉往往会故作娇羞，低眉浅笑，顾盼生辉，真的就像是一个处在热恋中的女人，挽着自己深爱的恋人。

然而，这一切都只是假象。

两个人心里都很清楚。

一个月，三十天，七百二十个小时，属于两个人的时间仅仅只有这么一点儿而已。

他不知道唐家莉心里是怎么想的，可是他知道自己只想赶快结束这浪费时间的约定。

今天终于已经是第二十九天了。

过完这两天，他可以牵着自己真正想要拥有的恋人了。

正当韩季星这么美滋滋地想着，渐渐入梦时，一阵清脆的电话铃音又把他带回了清醒的世界。

电话是他的继母冯青娅打来的，冯青娅在电话里告诉他，韩朗星不见了。

听到这个消息，躺在床上的韩季星霍地坐起。

冯青娅告诉他，今天下午她去学校接韩朗星时，因为教训了韩朗星几句，韩朗星接受不了就跑出了办公室。等到她去张望时，韩朗星已经不见了踪影。

他问冯青娅："你跟他说了什么？"

冯青娅说："不好好学习，就不许他学画画了。"

他听完就明白了。

自从两个人经历了上次那个拥抱以后，文晨就失去了韩季星的消息。韩季星没有再在她面前露面，也没有再联系她。

不过，她记得他在她耳边说过的话，一个月之后来取那幅画。

想到这儿，文晨叹了一声，因为一个月的期限快到了，可是那幅画她还没有完工。

她心里很愧疚，总感觉这是两个人的约定，但她却在没有提前通知对方的情况下悔了约。

所以，当她接到韩季星打来的电话时，她还以为他是来找她要那幅画，心虚了几秒才敢按下绿色的接听键。

"文晨，韩朗星不见了，他有来找你吗？"

他劈头盖脸砸下来的话，让她一时蒙了。

小朗星不见了？

"什么情况？他怎么会不见了？"

"具体情况现在也没有时间解释了，他没什么地方可以去，加上天已经黑了，我想他有可能会去找你。"

"我现在在家里，下午没有见到他，你报警了没？"

"去了派出所，警察说失踪二十四小时才能立案。现在我、他妈，还有家里的阿姨都在找他。"

"那如果我有他的消息，我就联系你。"

文晨挂掉电话以后，因为担心韩朗星有些坐立难安。突然，她脑袋里灵光一闪，开门就往外面跑去。

等她跑到"小溪"门口时，果然不出她所料，她看到了坐在石阶上的韩朗星。

"我就知道你会在这里。"她走到小朗星的身边，然后挨着他坐下,"你为什么不回家?"

"我不想回去。"

虽然韩季星没有跟文晨说韩朗星往外跑的原因,不过她仔细一想就能知道,韩朗星肯定是跟家里人闹了矛盾。

她问:"你怎么跑过来的?"

"我搭公交车过来的,我妈妈说不许我再学画画,我很生气,然后就……"

"然后就跑到我这里来了?结果发现'小溪'已经关门了,又没有别的地方可以去,所以就只好蹲在这里了。"她把韩朗星要说的话,接下去说完了,顺便掏出手机发了条短信告诉韩季星,他弟弟找到了,现在正和她一起坐在"小溪"门口。

"文姐姐,我还想继续学画画。"

她拍拍小朗星的肩膀,宽慰他:"可以啊,你只要喜欢可以一直学下去,将来你就是下一个大画家。"

"可是,可是我妈妈说不让我学了。"

"你妈妈骗你的。小时候我妈妈也经常骗我说不好好学习就不让我学画画。"

提到妈妈,文晨忽然想到她已经很久没有回家去看望爸爸妈妈了,心中生起了过两天回家一趟的想法。

"我还想让你继续教我画画。"韩朗星说着就扑进了她的怀里。

她笑嘻嘻："等你越来越厉害了，我可教不了你了。那个时候你就是大画家了，你可别忘了文姐姐我是你的启蒙老师。"

"我不会忘记的。"

小孩子就是小孩子，几句话就能哄好他，让他的烦恼消散而去，随即就会恢复无忧无虑的样子。不像成年人，烦恼解决一个，马上就会迎来下一个，感觉人生就是在马不停歇地解决一个又一个的困惑与烦恼。

怪不得，会有人大声唱着："我不想，不想长大。"

韩季星是和唐家莉一起来接的韩朗星，文晨看到他们两个人在一块儿时，脸上露出了疑惑，但是想到可能有点儿不合适，她很快就把疑惑的表情掩饰过去。

只是，那片刻的疑惑还是被韩季星给捕捉到了。

韩季星有点儿窘，摸了摸自己的鼻梁。其实他很想跟文晨解释一下为什么他会和唐家莉在一起。但是眼下这种情况，他也不好当着大小姐的面跟文晨解释。

在他急着找韩朗星的时候，唐大小姐突然打电话给他，让他陪着她去逛街。他耐着性子告诉大小姐自己弟弟不见了，大小姐听了倒是也很心急，商场也不逛了，硬是说要和他一起找。他推不了，便想着一起找就一起找吧，多一个人就多一点儿希望。

此时，唐家莉先出声说："没想到找了半天，竟然在这里找着了。"

文晨答："他自己搭公交车找过来的，我那个时候回去了，他就一直坐在这里。"

文晨自己也不知道这话是对唐家莉说的，还是对韩季星说的。

唐家莉说："晨晨，真是太谢谢你了。"

文晨看着唐家莉俨然一副女主人的样子，没有说话，韩季星也没有说话。场面变得有些奇怪，像是中间有看不见的暗流在虚空中涌动。

这时，待在一旁一直没有说话的韩朗星叫了句哥哥。他的声音糯糯的、软软的，让本想教训弟弟几句的韩季星瞬间消了气："跟我回家吧，你妈很担心你。"

他牵起坐着的韩朗星，对文晨柔声说："谢谢你了，你也赶紧回去休息吧。"

文晨俯身抱了抱韩朗星，在他耳边说："你妈妈肯定是吓唬你的，她是想让你好好学习才那么说的，你不用担心，大不了以后我偷偷地教你。"

随后她站直身体，朝韩朗星俏皮地眨了下左眼，韩朗星也同样朝她眨了下左眼。

"那我走了。"文晨朝站在一起的三个人挥了挥手，就转身往家中的方向走了。

整个过程，她没有主动跟韩季星说上一句话。

看着文晨的背影越来越模糊，最终消失在他的视线里，一直望着的韩季星突然想起了什么，他拿出手机，手指迅速地在键盘上跳动，给文晨发了条短信过去。

短信上面写着：唐家莉跟过来是个意外，你不要多想。

很快他就收到了文晨的回复，她说：我没有想什么，你才不要多想。

他这才放下心来。

他首先把唐家莉送了回去，唐家莉在下车前，终于问起了他："为什么你弟弟会跟晨晨在一起？"

总算问出口了。

韩季星一路开车还一路在思考要怎么跟唐家莉说明情况，他还没来得及出声，韩朗星就抢先回答说："因为我在文姐姐那里学画画。"

唐家莉听了这回答没有多想，也没有继续追问他，倒是临走前叮嘱他："你别忘了明天是我生日，记得明晚空出时间来陪我。"

他听了心里只觉得好笑，感觉她说得好像这一个月以来，他没有空出时间给她一样。最近哪一次不是她一联系他，他就鞍前马后为她跑来跑去的。

他说："是是是，知道了。"

等唐家莉走远了，他就脚踩油门迅速把车驶远了。

"哥哥，你不要老是和她待在一起。"坐在后面的韩朗星对韩季星说，听语气跟平常也没有什么两样，看来他对于今晚突然乱跑一事一点儿愧疚也没有。

"你说谁？"

"我说唐姐姐。"

"臭小子，你哥我的事还用不着你来管，你先想好回家怎么跟你妈交代吧。"

韩朗星在后面"喊"了一声，说："我这是好心好意提醒你，"他吸了一口气继续说，"我知道你喜欢文姐姐。"

这一句话让韩季星心里虚晃了一下，差点儿就闯了个红灯，他停了下来说："说得你好像很清楚一样。"

"我是很清楚啊，有一次你出门后，我偷偷溜进你的卧室，发现你的卧室里全是文姐姐的东西，你枕头下压着的那本杂志，你摆在书桌上的那本相册，还有你卧室摆着文姐姐画的画。"

弟弟一语道破天机，韩季星瞬间感觉自己的秘密好像都被坐在后座的小屁孩儿看光了一样，这个弟弟还真是一点儿面子都不给自己留。

他咳嗽了一声掩饰自己的尴尬，虽然有些心虚，但嘴巴还是不甘示弱："你不也一样，我在你卧室看到你偷偷地画的双胞胎妹妹的画。"

哥哥吃的盐比弟弟吃的饭还多,只一句话就让刚刚还颇为得意的韩朗星爹了毛:"谁准许你进我房间翻东西的!"

他眉毛一挑:"我们彼此彼此。"

"那不是妹妹,那是姐姐。"

"反正长得都一样。"

红灯终于变成了绿灯,韩季星一踩油门,把车向前开去,可之后一段路,韩朗星没有再开口说过话。

他坐在前面觉得奇怪,这小子刚才那么聒噪,怎么现在就一声不吭了?

他微微偏过头,透过后视镜看到原来自家弟弟已经歪着脑袋睡着了。想来韩朗星今天一个人背着书包往"小溪"跑,肯定是累着了。

一想到"小溪",韩季星自然就想到了文晨,他还向她预订了一幅画,当初说一个月之后去取画,现在一个月的期限总算快到了。

他呼出一口气,心中一阵畅快,眼睛折射出街边缤纷闪耀的霓虹,流光溢彩。

第十六章

十二点前遗失的愿望

韩季星第二天很自然就醒来了,外面吸尘器吱吱的声音传进他的耳朵,他看了看床头柜上的闹钟,指针指向七点二十分,还早得很。

他起床去洗漱,顺道把昨天韩朗星提到的那些东西通通收好,放置在房间最顶层的柜子上。这样一来,就算是韩朗星有心再进来翻找,以他的身高恐怕也找不到了。

他走出卧室,发现韩朗星和冯青娅都还在家,母子俩在餐厅面对面坐着。

冯青娅给吐司抹面包酱,抹好后递给韩朗星,再转头对他说:"你今天起得这么早?"

当然要起得早,从昨天开始他就一直心心念念着今天的到来,不对，应该说从三十天以前他就开始期待着今天的到来了，他昨晚盯着闹钟上的秒针一下一下地移动，在秒针指向十二点时，他差点儿欢呼出声。

今天早晨，在睡梦中，他感觉好像有什么在呼唤他，然后他就睁开了双眼。

天朗气清，惠风和畅。

心情不错的他，跟冯青娅说话的语气也变得好起来："就是觉得睡不着了。"

如果换成往日里，他未必会愿意跟冯青娅解释。

冯青娅和韩朗星母子似乎丝毫没有受昨天"出走未遂"事件的影响，跟往常一样，冯青娅催促着韩朗星快点儿吃早饭，她自己就在那里清点韩朗星的书包，看看有什么遗漏的东西。

韩朗星坐在餐桌上，大大咧咧地吃着吐司，喝着牛奶。他嘴巴上沾了一圈牛奶的泡沫星子，被冯青娅按着头用纸巾擦掉。

经过一个晚上的时间，那个因为韩朗星失魂落魄、一脸疲态的冯青娅，终于又重新变回了一丝不苟、井井有条的冯青娅。

韩季星其实有点儿同情自己的继母，她从韩朗星两岁的时候开始，就一直既扮演着严父又扮演着慈母。

以前他爸爸在世的时候，总是会跟他说："季星啊，你冯阿姨也不容易。"

他会反问他爸："她贵太太当着，有什么不容易的？"

他爸就会跟他说一堆冯青娅为了这个家做的事，最后还加一句："总之，你要多体谅体谅你冯阿姨。"

只是那时候，他对于他爸跟他说的这些话，往往会选择左耳进右耳出。

他坐上餐桌吃早饭，冯青娅和韩朗星已经准备出门了。

临走时，冯青娅站在门口跟他说："对了，你今天就不要去婚纱庄园了。"

他把吐司抹上面包酱问："为什么？"

"莉莉今天早上打电话来，跟我说她要为你请一天假。"

韩季星只觉得脸部在抽搐，右眼皮跳个不停。

"你答应她了？"

"今天她生日，当然要答应她，况且你去不去婚纱庄园影响都不大。"然后冯青娅补充了一句，"对了，莉莉可能过会儿就会打你电话吧。"

韩季星一个不小心手一抖，面包酱就掉落在餐桌上，暗红色的面包酱在白色大理石的桌面铺散开来，有点儿像刚刚绽放的红色花朵。

果不其然，当钟表上的指针指向九点的时候，唐家莉的来电准时响起。

"韩季星，你在干吗？"

"在打游戏。"他总不能说，他在想着她什么时候打电话过来吧。

"现在陪我出来逛街。"

"不是说好晚上才空出时间给你的吗？"

"现在我改变主意了。"

还有什么好说的呢，既然大小姐发话了，他再怎么推脱也是白费的，况且从大小姐今天那么早就打电话给冯青娅，明显是有备而来。

韩季星揉了揉眉心，想着到底是最后一天了，况且今天还是大小姐的生日，这样子的要求也不算太过分，便咬咬牙接受了。

如同所有的女人一样，她们的心情三分天注定，七分靠购物，她们的双腿天生为逛商场而生，因为她们的衣柜里永远缺少一件衣服。唐家莉也不例外，只不过她很挑剔。

唐家莉拉着韩季星在各大品牌服装店进进出出，挑挑拣拣，就是一直没有看上一件衣服。

韩季星暗暗想，没准大小姐是故意的。

终于，在一家颇有名气的品牌店里，韩季星看着唐家莉几乎试穿了店里所有的裙子后，对唐家莉淡淡道："这条裙子挺不错的。"

唐家莉惊喜地问："真的吗？"

在一旁的导购员小姐也连连应声："是啊，唐小姐，你身上的这条裙子是我们品牌这季的最新款，刚刚才上架的。"

唐家莉又走到镜子前面，走了几步，上上下下地打量了自己一番，觉得身上穿的这条裙子确实适合她。

衣服的剪裁很流畅，又恰到好处地包裹着她的身躯，用在衣服上的每一块布料似乎都没有多余，它们在商场灯光照射下折射出暗淡的光芒，低调又奢华。

导购员继续说："唐小姐，如果你不满意的话，还可以试试我们店里别的最新款。"说着又拿出了另外一条款式的裙子，"你可以让你的男朋友帮你参考一下，看看哪条最适合你。"

韩季星听完，刚想拒绝，就看见唐家莉笑眯眯的眼神，他只好硬生生地把否认的话咽了下去。

在唐家莉又进试衣间的空当，韩季星在外面跟她说："我去外面办点事，很快就回来。"

在等韩季星回到店内的时候，唐家莉已经选好了心仪的衣服。收银员正拿着那几条裙子一一扫码，他走近一看，才发现唐家莉把他称赞的那条裙子所有的颜色都买了一条。

他问："怎么买那么多？"

"因为我喜欢。"

韩季星也只是笑笑没有再多说什么。

付款的时候，他本想去付钱，没想到却被唐家莉给阻止了，她主动刷了自己的卡,对着他说:"这个,我自己来。"

他很意外,却也没有强求。

时间很快就在逛商场的过程中溜过去了,一转眼就到了吃中餐的时间点。

他们两个选了一家港式茶餐厅。

唐家莉捏着一个水晶虾饺吹了几口气,觉得差不多了就往嘴里塞,然后说:"我买衣服是不是很特别?"

他答:"是挺特别的。"

她说:"我觉得,买衣服就像挑选恋人一样,挑挑选选是必备的,不能随便就下决定。"

"所以你才挑了那么久。"

把水晶虾饺咽下肚,她又喝了一口红豆汤,接着说:"但是,看中了的话,下手就应该快准狠,买下所有颜色,这样自己就不用纠结了。"

"那你会不会觉得很浪费?"

"不会啊,我就算不穿,收在柜子里每天看着也挺好的。指不定我哪天一时兴起就想穿了呢。"

韩季星细细品味着唐家莉说的那些话,觉得这还真像她这性格会做出来的事。看中了就一定要全部拿下,即使不需要,收起来也许总有一天会用得上。无论是物有所值呢,还是买了浪费,都没有关系，自己喜欢是最重要的。

唐家莉想要的从来没有得不到，更重要的是她很明确地知道自己想要什么。

韩季星觉得这一点他要向唐家莉学习。

这时，唐家莉开口问："对了，你刚才消失的那会儿去哪儿了？"

他沉默了会儿，想了想，还是掏出了一个紫色丝绒缎面的长方形小盒子，说："本来是想晚上给你的，既然你问了，那就现在送给你吧。"

那个紫色丝绒缎面的盒子被打开，露出的是一条镶钻的银色手链。

银色的手链精美至极，钻石折射着餐厅顶灯照射出来的白光，璀璨亮眼，这道光线不仅映入了唐家莉的眼里，也映入了她的心里，把她的心房照耀得一室通明。

她眉欢眼笑："谢谢你。"

他说"时间有点儿急，我匆匆上楼去买的，也不知道你喜不喜欢，还有也不知道手链大小适不适合。"

"不管适不适合，我都很喜欢。"

这是她的真心话，其实她本来就没有期许韩季星会送她什么生日礼物，她一直都很清楚韩季星对她的态度，心生厌烦却想甩又甩不掉，就像是牛皮糖。

可是，她丝毫没有觉得很掉面子，换句话来说就是，她毫不在意。就像是遇到自己喜欢的衣服，既然好不容易挑中喜欢的了，就该把所有颜色一举拿下，何必在意别人看自己的眼光。

"如果不合适，我可以拿去专柜改成适合你的尺寸。"

韩季星本来也没有想好要送唐家莉什么礼物的，他只是看着唐家莉在试衣服的时候，突然灵光一闪，就匆匆跑去柜台买下了这条手链。买的时候柜台专卖员告诉他，这条手链是某国际大师的精心之作，女性都会喜欢的，他其至没来得及看清楚这条手链的细节。

现在他看到唐家莉的反应，也就放心了。

祝柏扬曾经跟他谈论过关于女孩子过生日时，送什么礼物比较好。当时祝柏扬绞尽脑汁思考该送女朋友什么生日礼物，甚至有点儿抓狂地咆哮着对他说："你知道思考送一个女人生日礼物有多困难吗？既要体现心意又不能太俗套，不能太贵，太贵她说你觉得她爱慕虚荣，太便宜她说你根本不重视她。天啊，女人的脑回路到底是怎样山路十八弯啊！"

想到这儿，韩季星嘴角勾起。

看来，唐家莉并不像祝柏扬说的那种女人。可是，他其实不知道，无论他送什么礼物，唐家莉都会很满足。

"晚上有我的生日派对，在 Star Dust，你记得来啊。"

"知道了。"

吃完午餐，唐家莉告诉他，她跟几个好姐妹约好了去做头发。她没有要求他继续陪下去，只叮嘱他晚上记得来 SD。

晚上，韩季星想着可能会喝酒，便没有开车。他拦了一辆出租车，晚上七点左右的时候，因为车流量有点儿多，他在路上堵了一会儿，所以到达 SD 门口的时候已经迟到了。

他姗姗来迟，一进场，就觉得里面和外面完全是两个世界。

室外灯火通明，室内却光影绰绰。室外的一切都是匆匆忙忙，各不相干；室内的一切却是混混沌沌，耳鬓厮磨。

"韩少爷，在这里。"

祝柏扬伸出手朝他挥了挥，他嘴里衔着香烟，灯光昏暗，但还是能透过指间缥缈的白色烟雾，看见韩季星走过来，他把烟放在烟灰缸里掐灭。

祝柏扬说："今天，唐大小姐包场。"

韩季星问："她人呢？"

祝柏扬往不远处一指，他顺着手指的方向看过去，看见唐家莉把快要齐腰的大波浪长发给剪短了，现在的她把头发都往后绑起来，露出了饱满光洁的额头。她穿着今天上午他陪着买的裙子，白色的，配上她今天新剪的发型，看上去既青春又清纯。

此时，唐家莉正坐在那里和人摇骰子，在她摇晃的左手上，他看见了他今天送给她的那条手链。

尺寸刚好。

韩季星看到她仰头就喝了一大杯啤酒,想来刚才那把骰子唐家莉应该是输了。

在放下杯子的那刻,唐家莉看到了他,起身走向他。

唐家莉轻拍了下韩季星的肩膀:"我还以为你不来了呢。"

韩季星解释道:"路上堵车,不好意思。"

唐家莉开了一瓶啤酒拿到他面前:"得了,你也别说那么多有的没的了,迟到罚酒可以吧。"

韩季星接过啤酒,也没有多说,仰头就灌了下去。他一口气喝了半瓶啤酒,等到他重新把头摆正时,一个巨大的生日蛋糕被人缓缓推了出来。

四周的灯光尽数熄灭,只余下蛋糕上摇曳的烛火发出暗淡的光芒。

周边有人带头开始唱生日快乐歌,接着越来越多的人应和,声音也越来越响亮,各式各样的人声混杂,也包括他的声音。

生日快乐歌完后,酒吧内的灯光重新亮起。

唐家莉不知何时已经被人请上了酒吧舞台,她站在舞台中央,追光灯打在她的身上,让她成为众人瞩目的焦点。而唐家莉也因为见惯了这样的聚焦,丝毫不忸怩、不羞涩。

舞台下，人群之中有人问："莉莉，你许了什么生日愿望？"

"我的第一个愿望是希望我爸爸妈妈身体健康；第二个愿望是希望爸爸的公司一切顺利；第三个愿望嘛……"

台下有人提醒她道："莉莉，第三个愿望不能说的，说出来就不灵了。"

唐家莉听了倒是毫不在意，她娇媚一笑，开口说"第三个愿望嘛，我希望韩季星能亲我一下。"

她说第三个愿望的时候，是望着他的。

众人随着唐家莉的视线，将目光投掷于韩季星的身上。接着有人开始起哄，有人开始吹口哨，可知道他俩关系的人，却只是意味深长地望着他，比如祝柏扬。

"美人相邀，他怎么还没有反应？"

"有好戏看了。"

"那个人是没有听到吗？"

有细细碎碎的声音传进他的耳朵里，而他却像沉溺于深水的鱼，久久不愿发声。直到祝柏扬用胳膊肘捅了捅他的后背，他才淡淡地开口说："你喝醉了，莉莉。"

她说："没有，现在我很清醒。"

他还是强调说："莉莉，你喝醉了。"

她说："今天是我的生日，这是我的生日愿望，你要满足我。"

韩季星一言不发，在他在心里有一条底线。

这三十天来，虽然他时常跟唐家莉相处，唐家莉也时常会挽着他的胳膊，但是他和她从来没有跨越过这条线，两个人的相处发乎情，止于礼。

"三十天期限已经到了。"

"还没有，现在时间还没有到十二点。"

韩季星突然不太想在酒吧继续待下去了，他也觉得没有必要让他人看好戏，于是，他拨开人群转身往门口走。

"韩季星，你停下，我告诉你，那个约定是骗你的，不管是三十天还是四十天，我是绝对不会同意跟你取消婚约的。"

韩季星闻言，瞬间停下脚步，一股怒火由心而生，他转身看着唐家莉："你说你是骗我的？"

"是的，"她笑了，笑得很不真实，"我是骗你的。"

韩季星心里一阵狂躁，他努力压制住心火，说："随便你吧，反正不管你同不同意，这个婚约我是取消定了。"

他的声音冰冷得没有一丝温度，说完这句话，就头也不回地走了。

"韩季星！"唐家莉喊了一声。

顿了顿，她仰头直视灯光闭了闭眼，再睁开眼睛时，眼里已有泪光，她凄楚地说："韩季星，我很喜欢你。"

可是，她真诚的话语，依旧没有挽留住要走之人的脚步。

唐家莉紧紧地拽住韩季星送她的那条银色手链，突然她很想用力地把它扯断扔过去，却又因为不舍而下不了狠心，只能死死地拽住那条手链。

　　银色的金属深深地嵌入她的皮肤里，她以为他主动送她手链，是因为他也有点儿喜欢她了。毕竟今天两个人的相处那么愉快，却没想到还是她自作多情。

　　这一个月，她把韩季星叫去家里下面条，只是想多和他单独相处而已。

　　那两只猫咪是她从路边捡的，她想让韩季星发现她的好，发现她唐家莉并不是一个骄纵的大小姐，她也是有爱护小动物的美好心灵的。

　　那个钥匙扣，如果不是她故意为难他的话，她想韩季星肯定不会收下那个钥匙扣吧，她只是想和他有一对一起用的情侣物品。

　　而今天晚上，她也只是想让韩季星亲吻她的脸颊，就像她说的，她很喜欢他，仅此而已。

　　可她终究是不信邪，终究是想看他会为了一纸婚约退让多少步，才会把愿望说出来的。

　　果然，第三个愿望说出来就不灵了。

第十七章

小城小爱，刚刚好

  韩季星回到家中，心中一片怆然。他已经不再为唐家莉说的话而感到愤怒了，他在回家的途中仔细想了想，不能责怪唐家莉言而无信，一切的责任在于他，这一点他一开始就很明白。

  唐家莉只是喜欢他而已，让一个人放弃自己喜欢的人总是很艰难，就像他一样。他不能给予唐家莉什么，就算给予了她一些东西，也难以达到她心中所想。

  就像他可以送给唐家莉一条手链作为生日礼物，却无法满足她的第三个生日愿望。

  他去洗手间，用冷水把脸洗了又洗，就像要将那冰凉的水揉进他的皮肤。他希望借此来刺激一下自己的大脑皮层和脸部血管，去消除从酒吧出来就一直伴随着他的不适感。

然后他走出洗手间,忽视掉韩朗星那狐疑的眼神,径直走进了自己的房间,房门"砰"的一声被他关上。

他一动不动地站在窗台边,沐浴着温柔的月光,他仔细思考了一会儿,现在该怎么办呢?

他掏出手机拨了文晨的电话,听到的却是一阵忙音。

为什么电话打不通?

文晨是故意把他屏蔽了,还是手机没电了?

一种深深的挫败感席卷了韩季星,他想,他让文晨相信他、等他,最后却是一场空欢喜。

晚上,他做了一个梦,他梦见自己站在一座桥上。那座桥很细很长,宽度不足以容纳一辆小轿车,他站在狭窄细长的桥的一侧,看见文晨站在长桥的另一侧。

他和她之间隔着沥沥而下的雨幕,他很想穿过这道雨幕去到桥的另一边。即使他的头发、他的衬衫,还有鞋子都被细雨打湿,他也毫不在意,他只是想走到文晨身边去。可是无论他手伸得再长,跑得再快,这座细长的桥就像没有尽头一样,永远也走不完,他始终无法抵达另一侧。

他只能透过灰色的雨幕,看见文晨在那里冲他微笑,冲他招手。奇怪的是,文晨的衣服、发丝却还很干燥,细雨从天而降时总会绕过她，飘落下去。

　　这场梦一直持续到第二天清晨，韩季星挣扎着醒来后，立刻就去了"小溪"。

　　"小溪"大门紧闭，有些微微生锈的青灰色卷闸门映出冰冷幽暗的阴影，就像在向他昭示着生人勿近。他学着韩朗星那日的样子坐在石阶上，低头蹙眉看着地上的蚂蚁爬来爬去。

　　在看到第十只蚂蚁从他特意设置的障碍上爬过去的时候，他终于抬起了头，揉了揉酸疼的脖子，看了看手表。

　　他已经等了将近一个小时了，文晨还没有来店里，看来今天"小溪"是不会开门了。

　　他再次尝试拨打电话给文晨，可电话依旧打不通。

　　会不会出什么事了？

　　韩季星有点儿担心。

　　于是，他又驱车去了文晨住的小区。但到了楼下后，他才发现自己根本不知道文晨住哪一栋楼，上一次他只送文晨到了小区门口。一排排长得一模一样的长方形建筑林立在他的面前，让他迷失了方向。

　　文晨到底在哪儿？

　　他试着去各栋楼下守株待兔，碰碰运气，结果还是一无所获。

　　中午的时候，韩季星去了小区附近的一家小饭馆吃饭，那是位于第四栋楼下的一家小馆子。他去的时候没有顾客，只有老板和老板娘坐在里面仰着头看一部电视剧。电视里一个穿着婚纱的女人为了去追她逃婚的丈夫，不小心被迎面而来的汽车撞上，女人在空中旋转了三百六十度。这种明显不符合科学逻辑的画面，让他觉得有些好笑，但是他在看到老板娘那张因为深陷剧情而揪着的脸时，立马就噤了声，默默吃饭。

"老板娘，我要的外卖，打包好了没？"

背后有一个熟悉的女声传来，他一听，就知道是招英。

真是山重水复疑无路，柳暗花明又一村。

韩季星转过身朝招英打招呼："嗨！"

招英看到韩季星也很是惊讶，她走过去拉开凳子，坐到了他的对面："韩少爷，你怎么会在这里？"

"找人。"

招英不用问，就已心知肚明了，韩季星到这片小区来除了找文晨，不会有别人。

招英告诉他，文晨昨天上午跟家里通了一个电话，家里人告诉文晨她妈妈最近身体不太好，于是文晨就临时决定回宛平老家了。本来文晨也打算这几日回家看望父母的，只不过是把日程提前了。

听完招英的话，韩季星总算放下心来，还好不是又生病了，但是为什么文晨不接他电话呢？

他疑惑地问:"我打她电话打不通。"

"我也打不通,从昨晚开始就没有再打通了。"

韩季星一面放下心来,文晨不是故意不接他的电话,一面又开始担心文晨的手机为什么一直打不通。

他跟招英道了别,驱车出了小区的大门,途中他又用蓝牙耳机给文晨打了一个电话,电话那边传来的依旧是无尽又苍白的忙音。

宛平小城盘踞在 S 市的东南角,在中国地图上看只能找到一个小黑点,但是如果在省内地图上看,就能看到宛平小城占据着地图东南边一小块地方,像一个大梨子,上窄下宽。

据说宛平城建造于春秋战国时,一位国王带着他的宠妃来到现今宛平小城境内,不过那个时候还没有这座城市,国王和他的宠妃喜欢上这片依山傍水的地方,命人砌了城墙,修建园林、房屋和街道。然后,一代又一代的人在这里繁衍生息,慢慢地变成了现在的宛平。

文晨在宛平出生,在宛平长大,她的父母和妹妹也同她一样。

她以前想她应该会和妈妈一样,在外面漂泊一段时间后,终将回到宛平,嫁人生子然后慢慢白头。

文晨拉开卧室的窗帘,秋日里的阳光氤氲着宛平城陈旧的气息,带着泛黄的记忆,向她扑面而来。窗外有小女孩儿在树荫下跳皮筋,她记起她小时候也在同样的位置和小伙伴们跳着橡皮筋。

昨日，她看见了儿时一起跳皮筋的小伙伴，面容虽然没有什么变化，但是好友却腆着一个大肚子，浑身上下散发着母性的光辉。这让文晨不得不感叹岁月如梭，曾经一起欢声笑语的日子仿佛还在昨日。

"晨晨啊，妈妈要去菜市场买菜，你去不去啊？"

"好啊，妈妈，你等等，我换一下衣服。"

文晨很喜欢陪着妈妈去菜市场买菜，因为她觉得菜市场就像一个小型的舞台，而在里面斗智斗勇的都是最普通的人。譬如说妈妈看中了一颗包菜，卖菜的阿姨非要妈妈把那剩下的细葱也买了。

"你这细葱都蔫了啊。"

"我便宜点儿卖给你可以吧，这价格你早上肯定买不到，总要用的哟。"

"那你这一把算五毛钱卖给我。"

"这……好好好，反正我要收摊了，五毛就五毛吧。"

文晨陪妈妈买了一对鸽子、一颗包菜、一把细葱，两个人缓步走在回家的路上，边走边聊。

"晨晨啊，你在外面有没有找男朋友啊？"

突然被这么一问，文晨心里一慌说："妈妈，为什么你突然这么问啊？"

"我昨天呀，和你一起看见了晓秋啊，那妹子可是你发小，你看看她肚子都那么大了。"

"我又不着急。"

"可是妈妈我替你着急啊！"

文晨默然，不知道该怎么回话，还好这时手机铃声适时响起。

文晨看见手机屏幕上出现韩季星的名字，她犹豫了会儿，按下了接听键。

她还没有出声，电话那一头的人倒是迫不及待地先出声了。

"终于打通你电话了。"

"我回家了，前天晚上坐火车时，手机不小心被摔坏了，刚换了新的。"

"我现在也在宛平。"

"嗯，嗯？"

韩季星也在宛平？！

听到这个消息的文晨惊呆了，她甚至伸头往四周张望，好像觉得他就在这附近似的。

"你在找我吗？"

"没有。"她赶紧否认，"你现在在哪里？"

"我也不知道，漫无目的地随便走，不抱希望地想着再给你打个电话试试，没想到竟然打通了。"

她问："你那里有什么标志吗？路标或者很明显的建筑。"

"这里好像有一个家润多超市。"

文晨听了之后大喜，家润多？！整个宛平城只有一个家润多，而她现在也在家润多附近。她让电话里的人先别挂电话，然后跑向远处，刚转了一个弯，就看见了站在那里、手机贴在耳边的韩季星。

她还没来得及叫韩季星的名字，韩季星就看见了提着一颗包菜和一把细葱的文晨。

他在电话里说："好巧。"

是啊，好巧啊。

穿过那么长的国道，在有两千多年历史的宛平古城，不期而遇。

她和他之间的相遇，一直都是那么巧，在金阁寺的初遇、在镰仓高校前站的再遇，甚至在他订婚典礼上的重逢。如今他们还在宛平小城的转弯处相见，他们之间到底是巧合多一些，还是太有缘了呢？

文晨目光流转地看向韩季星，无论她在哪里，他都会出现，就好像是为了准时与她相遇。

文晨挂断电话，朝他走去。她站定在他面前，问："你怎么不告诉我，你来这里了？"

他笑言："我倒是想告诉你，可是你的电话一直打不通。"

"你来多久了？"

"昨天开车来的，然后自己一个人在这里逛了逛。"

文母看着文晨什么都没有说就跑远了后,也一直小跑着跟在文晨身后。然后她看见自家女儿正站在那里和一个男人说话,那个男人她从来没有见过。

文母走过来,打断了女儿和那个陌生男人的谈话。

"晨晨,这位是?"

"妈妈,这是我朋友。他,他过来找我的。"

文母仔细看了看对面站着的人,又看了看自家女儿的神态,从刚才的不明就里立刻变成了然于心,她笑嘻嘻地说:"你是第一次来宛平吧?"

"是啊,阿姨,这里地方虽然不大,但是感觉人都很友好。"

"既然是晨晨的朋友,那便是我们家的客人了,你这是第一次来,今晚来我家吃晚饭吧。"文母还朝韩季星晃了晃手中买的那对鸽子。

"阿姨,这样不太方便吧。"

文晨却说:"没关系的。"

本想着拒绝文母的韩季星,听到文晨这么说,便也答应了文母的盛情邀请。

文晨的家在一栋老旧的灰色水泥楼房的五楼,那里的楼房一栋一栋都是一个样子,灰色水泥楼房,有爬山虎沿墙面生长,最高的可以攀延至二楼。除了绿色的植被,墙面上还有岁月沉积下来的痕迹，有小朋友在上面的涂鸦，还有因为雨水长年累月地流淌已经烙印在墙里的雨渍。楼道里还有各种各样的贴纸广告，一层盖过一层，有些只留下了几处边边角角。

韩季星上楼梯的时候走在最中间，文晨在后面悄悄问他："是不是有一点儿不习惯？"

他也悄悄地说："没有啊，我挺喜欢这里的。"

走在前面的文母就在上面一层催："你们两个年轻人怎么比我一个老年人还慢啊？"

文晨的爸爸早已经在家做好了下厨之前的一切准备，他已经穿好围裙严阵以待，就等着原料到家了。

当韩季星进门，喊了一声"文伯父好"时，文父的脸上浮现出一丝错愕，但是很快就被他用笑容给掩饰过去了，他笑着说："你好啊，你叫我伯父就行。"

文晨的妹妹因为要上晚自习，没有回来吃晚饭，四四方方的桌子正好一方坐一个人，看上去就像普通家庭聚会一样。

文父拿出了珍藏多年的绍兴老酒，酒兴大发地说要好好地和年轻人喝上一回。

席间，文父一直拉着韩季星聊天，其实一直都是文父在说，他从九十年代他在工厂当学徒开始说起，一直说到现在在厂里当一级技术工，而文母则负责提醒两个男人不要光顾着说话，也要进食。

岂料文父越说越跑题，脱口而出道："以后我家晨晨要请你多照顾照顾了。"

文晨脸一红，急忙说："爸爸，你在说什么呀，你还是多吃菜吧。"她说着就夹菜往文父碗里放。

文母见状，也说："就是，你喝多了，糊涂了吧。"

文父就在那里乐呵呵地赶紧圆回来："是啊是啊，我喝多了，小韩不要见怪啊。"

韩季星看着这一家三口的模样，心里也是乐呵呵的，他跟文父碰了一下杯说："会的，会的。"

听到这句回答，一家三口的反应各有不同。文晨瞪了他一眼，文母喜笑颜开，文父则是哈哈大笑起来。

这顿饭，虽没有什么山珍海味，却也算得上是美酒佳肴，还伴随家庭之乐，让韩季星吃得很是舒畅。

吃罢晚饭后，文晨害怕自家父亲又拉着韩季星乱七八糟地聊些什么，便跟文父说两个人去外面散散步。文父酒足饭饱心满意足，摆摆手，示意随两个年轻人去了。

文晨和韩季星在沿江风光带上散步，一路上行人很多，都是饭后散步的人，两个人并肩而行，有调皮的小孩儿时不时从两人之间穿过。他们走到沿江的公园，在长廊的石椅上坐下。

少顷，韩季星问文晨为什么自己称她爸爸为文伯父，他的脸上会出现错愕。

文晨告诉他："因为他不姓文，他不是我的生父。"

这次轮到韩季星错愕了："伯父竟然是你的继父？可是我看你们的感情很好。"

"是很好啊，在我很小的时候妈妈就带着我改嫁了，我很感谢他，因为他对我妈妈很好，妈妈嫁给继父以后一直都很幸福。继父对我也很好，他把我当成亲生女儿一样看待，就像天底下所有普通的父亲一样，会关心也会批评，没有什么不同。"

"其实我觉得你和你爸爸挺像的。"

"人和人之间就算没有血缘关系，在一起生活那么久了，也会有感情，也会相像的。夫妻是这样，父母亲和孩子也是这样吧。我觉得爸爸就是带着这样的心情照顾我的吧。"

韩季星忽然就想到了冯青娅，他不知道冯青娅是不是像文晨说的那样抱着这样一种心态与自己相处，如果是的话，那么自己是不是对她太过于刻薄了。

文晨从来没有跟韩季星提过她的家庭，他现在才发现原来她曾经也经历过父母离异。

他好像从文晨的话里领悟了些什么，但是具体是什么他又说不出来。

谁知这时，文晨话锋一转问他："对了，你为什么会独自跑来宛平？"

"我去'小溪'找你，没有看到你，后来在你家小区门口看见了招英。"

"是招英告诉你我回家了？"

"是的，然后你电话一直打不通，我就自己找过来了。"

"那你也不怕白跑一趟，找不到我。"

他摇了摇头，说："当时没有想那么多，到了以后看着陌生的道路和建筑才不知道该怎么办，打你的电话一直打不通，我就去找了一家酒店，然后又在这座小城里走街串巷，想着碰碰运气，看可不可以遇见你。没想到还真的就见到了。"

"你那么急着找我干吗？"

急着找文晨干什么？韩季星自己也不知道，他只是经过在酒吧那一晚上之后，很想见见她。

突然，他心里冒出一个大胆的想法。

他说："我是想告诉你，我跟唐家莉取消婚约了。"

"取消了？"

韩季星把手覆在文晨手背上，告诉她："取消了。"

"真的？"

"真的。"

听到这个消息，文晨也不知道该怎么表达心里的那种情绪，有一种石头落地的释然，也有对唐家莉的愧疚，更多的还是欣喜，她不知道该说些什么话才好。

她起身象征性地拍了拍衣服，然后才道："我们回去吧。"

韩季星应了她，也起了身，他高出文晨不少，一站起来身体把昏黄的灯光给遮掩住了。

他看见文晨就这么站在他的身影里，忍不住牵起她的手，他感觉到被自己握着的手是那么柔软细腻，但是却是冰凉的。

于是，他握得更紧了。

倏地被人牵起手的文晨，心晃了晃，她想抽手却已经来不及了。

从江面吹来的风把她的手吹得冰凉，但是他却通过掌心传递着温暖给她，连带着温暖了她整个心窝。

韩季星就这么牵着文晨把她送了回去。

在文晨家楼下，他松开手，目送文晨往门洞里走，可还没等文晨上楼，他又叫住了她。

他大步走向文晨，借着从各家窗户透露出来的昏黄灯光，看清了文晨清秀可人的面孔。

他走到她的面前，找到她的嘴唇轻轻地吻了下去，很浅很浅的一个吻，浅到文晨甚至还来不及做出任何反应，他已经抬起了头。

"你为什么突然亲我呀？"

韩季星嘴角含笑:"就是突然想了。"

他又抱住了她,两个人就这样在楼下相拥了很久,直到她说她该回去了。

韩季星站在楼下看着文晨进去后,这才转身回了酒店。

之后,他在宛平城又待了一天,才和文晨一起离开这里。

两个人在清晨离开的时候,天空飘浮着白色的雾霭,还下起了毛毛细雨。

整座宛平小城笼罩在水雾之中,像一位古朴又沧桑的老人,永远张开着怀抱,欢迎归来的游子。

第十八章

如同谎言的真相

    唐家莉从生日宴会后,已经不知道拒绝了多少人的邀约,她整日闷闷不乐地把自己关在家里。唐父只知道自己女儿不开心,又不知道是什么原因,他只能劝着女儿出去和朋友逛逛,说多出去购物心情就好了嘛。

    "女儿啊,要不你去婚纱庄园找韩季星也行啊,你前阵子不是经常跟他在一起吗?这些日子怎么不见他来找你了,怎么你们吵架了?"唐父既然这么说,自然是不知道那日在自家女儿的生日派对上发生了什么。

    不说还好,一说唐家莉就更加郁闷了。正好手机游戏里的那一关又没有闯过去,她有些气馁:"爸爸,你就别管我了,你今天不是去公司吗？"

唐父说："我今天要去老祝那里。"

"你去祝伯伯那边干吗？"

"好像为了他儿子的事情吧，最近祝柏扬那小子不是自己搞了本杂志嘛，好像找我帮个小忙吧。"

"祝柏扬他能搞多久，还不是图一时新鲜。"

"那倒不一定，我看了下那本杂志的首刊还是搞得不错的。"

唐家莉推了推唐父："好啦好啦，你快出去吧，别让祝伯伯等久了。还有你也别急着回来，妈妈出去做美容了不会回来做晚饭，你就和祝伯伯去吃你心心念念的鱼头吧。"

把唐父送出门以后，整个屋子里就只剩下唐家莉一个人了，她又重新拿起手机去冲关，两分钟后再一次冲关失败，让她没了继续玩游戏的兴趣。她去唐父的书房，想在书柜里找找有意思的书来消磨无趣。眼睛余光瞟到了祝柏扬的名字，她拨开桌子上摊放着的各种财经杂志，文晨的照片映入她的眼中。

唐家莉愕然，但是很快她的大脑开始飞快地转动。

五分钟之后，她把杂志的封面撕了下来，揉成一团扔进了垃圾桶里。

杂志、封面女郎、婚纱庄园以及电台、画室、韩朗星，还有订婚宴。

唐家莉觉得她好像从绞在一起的线团里，冥冥之中找到了那根线头。

　　她拿起手机，打了一个电话。

　　"喂，帮我查个东西。"

　　文晨从宛平回来一周后，唐家莉光临了"小溪"。

　　唐家莉进来的时候店里还有其他客人，文晨朝唐家莉打了个招呼，让她先随意看看。

　　十五分钟后，那位客人才带着她需要的东西离开，文晨继而去招待唐家莉了。

　　"你今天怎么会过来这边？"文晨问她。

　　"知道你在这边开了家店，却从来没有来看过，最多也是上次来找韩朗星的时候，到了门口。"唐家莉对她说，眼睛透过她看向了后面的虚无。

　　"那你是来买东西的吗？"

　　唐家莉把目光移至文晨身上，她从背着的包里掏出一个鼓囊囊的信封，递给文晨，说："我是来给你看这个的。"

　　文晨接过那个黄色的信封，把里面的东西倒出来后，她感觉到一阵眩晕。

　　从信封里倒出来的是一沓照片，照片里面全都是文晨的日常。开店、关店、买早点、购物，除了这些日常的生活照并没有什么特殊，但是里面的每一张照片都有韩季星的身影。只要不是瞎子和傻子,应该都能看出两个人的关系,不同一般,非比寻常。

唐家莉看着文晨的表情,没有说话。

"莉莉,你派人跟踪我?为什么要这样做?"

怪不得韩季星来找她的时候,总是跟她说觉得哪里怪怪的,就像有人在盯着他们一样,原来真的有一双眼睛和一个镜头在背地里盯着他们。

唐家莉反而抱住了文晨:"不这样做我怎么知道你和我的未婚夫关系那么好呢?我才知道这一个星期以来,他每天都要过来看看你。"

这样嘲讽的话语比直接辱骂更令人难受。

文晨推开唐家莉:"莉莉,你别这样,我很抱歉。"

唐家莉似笑非笑:"你说我们是不是真的是好姐妹,挑人的眼光都是一样的。"

"我真的很抱歉。"

"晨晨啊,不知道是你变了呢,还是我不够了解你,没想到你是那么深藏不露。"

"不是你想的那样,韩季星跟我说你们取消婚约了,我才跟他在一起的。"

不然,她是不会跟韩季星在一起的。

"你真是厉害，在我的订婚宴上认识韩季星，利用给祝柏扬当模特的机会接近他。我不知道你还用了什么方法，竟然还能认识韩朗星，让他跟着你学画画。最后让韩季星跟我取消婚约，可笑的是，在那一天我们在广东菜馆偶遇，你还装作和他不熟。真是下得一盘好棋，耗费了你不少心血吧。"

"不是你想的那样，莉莉，"文晨努力去向唐家莉解释，"我和韩季星在你的订婚宴之前就认识了，只是……"

唐家莉随意用她的包一扫，右侧展览柜上的瓷制品还有陶制品纷纷被扫落，它们跌落地面发出清脆的碎裂声，打断了文晨要说的话。

唐家莉一脸无辜地看着文晨："哦，对不起晨晨，我不是有意的，我只是想把包换到左边，没想到会碰到这些瓶瓶罐罐。"那语气无辜得像她真的是不小心一样。

文晨哑声说："没关系。"

"对了，只是什么，你是不是想说只是在订婚宴之前你无法联系他？晨晨你想跟他熟识，为什么不找我要他的联系方式呢？很多人都想认识他，她们找我要他的电话，我都给了。"

"莉莉，你别这样跟我说话，你骂我吧，骂得多难听都行。"

唐家莉走到店内的东南角，把一块立着的画板从角落里拖到两个人的中间，画板上的那幅画就是文晨以韩季星为原型的画作。唐家莉在文晨招呼其他客人时闲逛时发现了它，这让唐家莉更加肯定心中所想。

文晨看到那幅画，身体明显一震。

唐家莉看到了文晨的反应，睨视着她："怎么，不想让我知道吗？既然这样，你就应该藏得更加隐蔽一点儿。"

然后唐家莉把那幅画野蛮地扯下来，可以听到画纸被撕裂的声音。她把那幅破损的画扔在地上，拿起桌子上的墨水瓶，把里面的墨水倾倒在画上，墨水很快地流淌到画纸各处，渗入画作原本的颜色里。

文晨觉得自己全身每个细胞都在呐喊着"不要"，可她张了张嘴，却没有发出任何声音。

"对不起，我不是故意的，晨晨，你不会怪我吧？可是就算你生气也没用的，"唐家莉停了下来，继而冷冷地说，"因为我比你更生气。"

唐家莉很生气，从看到那本杂志的封面开始，她就把记忆里那些断断续续的画面用一条线把它们串起来了。

订婚宴上，文晨和韩季星先后出去，一起进来。

那天在酒吧内，祝柏扬说他创办的杂志要多谢韩少爷的帮忙，人是韩季星找的。

后来韩季星送她回家，在车上听到电台广播后，韩季星心情明显好起来。

在广东菜馆门口的偶遇，文晨和韩季星两个人明显不对劲的表情。

韩朗星跑掉，却在"小溪"门口找到了他……

唐家莉想，不是没有蛛丝马迹可循的，只是这些都被她忽视掉了。现在她总算弄明白了，她也总算知道为什么韩季星在答应了婚约之后，又执意要取消婚约了。

当初她对韩季星答应订婚一事不抱一点儿希望，但是爸爸却告诉她韩季星答应了。她现在都还能回味她听到那个消息时的心情，就像是大力摇晃过的碳酸饮料，被人打开了瓶盖，砰的一下无数气泡争先恐后地往外翻涌，释放出酸酸甜甜的气息。

她也记得那天韩季星对她说要取消婚约时的心情，她听到后一直不敢抬头看韩季星，很想假装自己什么都没有听到或者说句"你不要开玩笑"就这么敷衍过去了。可是韩季星那么认真，她感到很害怕，感觉自己就像一个等待被宣判的死刑犯人。

但是她连自己做错了什么，都不知道。

唐家莉已经记不起自己是从什么时候喜欢上韩季星的了，只想着就算韩季星不喜欢自己,那也没有关系。反正他也没有喜欢上别人，自己还有机会。反正山高水阔，有了未婚妻这个身份在，不怕融化不了那颗冰冷的心，自己可以陪在他身边，慢慢打动他。电视里不都是这么演的吗？

唐家莉计划得那么美好，从没有料到中间会出差错，也万万没有想到，她的好朋友会夹在中间让她美好的期许化为泡影。

"晨晨，我没有和韩季星取消婚约，想取消婚约，做梦！"唐家莉丢下这句话，便离开了"小溪"。

看着唐家莉远去的文晨，站在店里发了好久的呆才回过神来，她环顾了一下店内，满地碎片，一片狼藉。她蹲下身子想捡起那幅画，在触碰到画的瞬间，眼泪从眼眶里涌出，一滴一滴地掉在破损的画上，稀释了墨迹和颜料。

其实她很想忍住眼泪的，可是在手指碰到那幅画的一瞬间就再也忍不住了。那是她用无数个日日夜夜，努力描摹下来的图画，是她从一片雪花的脑海中找到的蛛丝马迹，每下一笔都要再三踌躇的心血，是她约好要送给韩季星的礼物。

她掉眼泪，不是因为委屈，而是觉得自己没有立场去委屈，她只是觉得可惜。

可惜了那幅耗费她心血的画，可惜了她和莉莉的友情。

文晨并没有对莉莉的做法感到愤怒，莉莉这样做反而让她心里好受些，因为她心里一直对莉莉存了愧疚之心，每一次见到莉莉都不敢直视。

当韩季星对她说，他和莉莉取消了婚约的时候，她不是没有存疑，可是她更愿意去选择相信他。而如今，莉莉却对她说两个人还没有取消婚约。

文晨收拾完那幅已经被毁坏的画后,环顾了一下四周,"小溪"内一地碎片,满室狼藉。她估计着自己一个人收拾不好残局,便分别给宋民佑和招英打了一个电话,忽略掉唐家莉说的话,把事情大概的来龙去脉告诉两个人。

招英和宋民佑是一起赶到"小溪"的,两个人到的时候文晨已经调整好了情绪,恢复了平静,面无波澜。

宋民佑看见"小溪"内一片凌乱,什么也没有说,只是有些担忧地看着文晨。招英却带上了几分怒气。

招英问:"这是你的那个好朋友干的?"

文晨点点头。

"她为什么这么做?"

文晨没有回答招英,她给了招英一个你懂的眼神,招英瞬间就明白了。但是她还是激动地说:"可这也太过分了吧。"

宋民佑小心地询问文晨:"你还好吧?"

"嗯,没事。好了,招英,我把你叫过来是想让你帮忙,和我一起收拾残局的。你和我一起收拾这些碎片,小心不要划到手。"文晨把招英拉下来蹲下,又对宋民佑说,"你呢,就负责帮我打电话跟作者们一个一个地说明情况,电话号码我都整理好放在桌子上了。辛苦你了。"

招英一边捡碎片一边问文晨:"那个唐家莉跟你说了些什么吗?"

"她说她还没有和韩季星取消婚约。"

"所以,她就来这里搞破坏了?"

招英越想越生气,把手中的碎片往垃圾篓里一扔,站起身来气愤地说:"这也太欺负人了吧,韩季星又没有结婚,甚至都算不上她男朋友,她跑到这里来耀武扬威,怎么不去找韩季星呢?还是所谓的好朋友,我呸!"

当事人文晨却没有那么激动,反而说:"我没什么事啊,莉莉生气也是可以理解的嘛,我都没有关系,招英你就不要这么激动了。"

"什么啊,晨晨,你这也太没脾气了吧,她就是吃准了你这样才会来挑衅的。"

文晨扯了扯招英的衣袖:"招英呀,我是真的没什么事。"

招英一甩手:"你没关系,可是我生气啊!她唐家莉凭什么理直气壮地在我店里搞破坏啊,破坏私人财产,这可是违法的。我可咽不下这口气。"

文晨心里明白招英虽然是这么说,但实际上是替自己鸣不平而已。她心里很是感动,站起来揉了揉招英的脸说:"那你消消气,别气坏了自己。"

"不行,我越想越生气,不能让唐家莉就这么莫名其妙地欺负人。

我要去找她，晨晨你把她的联系方式告诉我。"招英说完真的就作势要出去，文晨急忙拉住她。

"好招英，你别太认真啊。"

看到招英真的有意去找唐家莉，宋民佑也开口说："你能不能不要再说这件事了？好好收拾东西行不行，还要去找人麻烦，不要再帮倒忙了。"

"宋民佑，你这是什么意思，什么叫作我帮倒忙？"

"那你说你这是在帮文晨吗？你还要去找人家麻烦，你这不是又在给文晨添麻烦嘛。"

"可我就是看不过去。"

"你再看不过去，这也不是你该管的事，你就让文晨自己解决吧。"

招英有些气愤："文晨是我闺蜜，她受委屈了，还就是我该管的事了。倒是你凭什么让我不要管，你才是有问题吧。"

宋民佑的语气也从刚开始的平静带了些怒气："那你问问文晨，她需不需要你的帮忙？"

招英和宋民佑的争论，让文晨始料未及。她站在旁边看着两个好朋友你一言我一语，从争论变成争吵，赶紧出声制止："打住打住，你们两个人也别争论了。我现在一切都好，叫你们过来只是帮我收拾'小溪'的残局的。"

听文晨这么说,宋民佑没有再继续发声,而招英却仍旧补了一句:
"我怎么就帮倒忙了?"

然后,招英和宋民佑就没有互相再交谈过了。

"小溪"也在三个人收拾完毕后,早早地关上了店门。

第十九章

我却舍不得推开你了

　　文晨没有想到招英和宋民佑因为上次在"小溪"内发生的小小争论，竟然冷战了五天。最开始文晨还没有发觉招英和宋民佑有什么不对劲，因为招英和宋民佑工作繁忙，三个人也没有经常聚在一起。

　　不过从唐家莉的事情发生以后，宋民佑每天都会来"小溪"，看看有什么需要帮忙的，而招英只要空闲也一定会在"小溪"陪着文晨。所以到周末的时候，两个人都来到了"小溪"，却一句话都没有交谈。

　　文晨看了看招英和宋民佑两个人各自为阵互不搭理的表情，就明白两个人在冷战了。

　　其实严格来说，是招英不搭理宋民佑，宋民佑还是试图去和招英说话的。他抛了好几次话语给招英，结果不仅通通被招英给无视了，还被招英泼了好大一盆冷水。然后，宋民佑也就暂时放弃打破僵局了。

文晨和招英回到家后，她问招英："你为什么不搭理宋民佑？因为上次在店里你们两个人争辩了两句就生气了？"

"没有啊，就是不想理他。"

"既然没有生气，怎么就不想理他呢？"

招英在脑中想了想，问："你是要听我的真心话吗？"

"当然，我现在在很认真地跟你谈心啊。"

"我没有生他的气，只是想让自己冷静一会儿。上次你也看到了吧，那天晚上回去，我躺在床上翻来覆去想了很多，我发现我不适合他，他也不会喜欢我这个样子的。如果说我之前还对他抱有些许幻想的话，我觉得我现在已经很清醒了，这是我放弃他做的第一步啊。"

文晨将信将疑地问："你是认真的吗？"

"我当然是认真的。你知道吗，我当初认识宋民佑的时候，他是我室友的男朋友，我在图书馆第一次见到他，就很神奇地有那种心动的感觉。后来我知道他是我室友的男朋友后，就没有再做他想了。再后来他和我室友分手了，我把室友要我转交的东西交给他，就这样我们两个人反倒是相熟了起来。"

招英想或许宋民佑对她是有过瞬间的动心的，但是那终归不是真正的喜欢。

文晨这还是第一次听招英说起她和宋民佑以前的事。

"在你还不认识我们之前,我的前男友劈腿把我给甩了,我当时并没有特别伤心,但是宋民佑听到这个消息时,却特别生气地拉着我去找那个渣男,我拉都拉不住。他不是一个冲动的人,可是那次他为了我把那个渣男狠狠地揍了一顿,还被带去了派出所差点儿留下了案底。我当时看着鼻青脸肿的他,就在想这个男人多帅啊,我怎么能不喜欢上他呢?"

"招英,我觉得你还是主动告诉宋民佑你喜欢他比较好,你不去争取一下怎么知道有没有机会呢?我一直觉得你是一个善于抓住机会的人,不像我那么容易轻言放弃。"

天色已经完全暗了下来,就连空气的温度也不一样了。招英从沙发上起身去把灯打开,白色明亮的光线立刻照亮了整个客厅。

招英说:"那你呢?你告诉韩季星唐家莉来找过你的事了吗?"

文晨摇了摇头:"还没有,他最近忙于婚纱庄园的事,我好几次想跟他说又不想增添他的苦恼,所以一直没有说出口。"

"那你不打算跟他说了?"

"不会,毕竟我还要问问他和莉莉之间的婚约到底是怎么一回事呢。"

招英露出温柔的笑意:"晨晨,你真的是越来越有正牌女友的范儿了呢。"

　　文晨皱了皱眉:"你就别打趣我了,我现在还不知道该怎么办呢。我是不想和莉莉闹崩的,可是现在让我放弃韩季星我也做不到了。"

　　"那你就交给韩季星解决吧。你就不要管了。"

　　文晨话题一转:"那你打算什么时候和宋民佑和好?"

　　"什么和好不和好,我只是暂时不想和他说话而已,等我哪天想通了……哦,对了,我有没有告诉你,最近有人在追我啊,而且条件不错。他后天约我当他女伴去一个酒会,我还在犹豫要不要答应他呢。"

　　"电台的同事吗?"

　　"不是的,是和祝柏扬共事的电台赞助商,人挺好的,至少对我不错,我之前一直拒绝他,现在我在想要不要给他一个机会了,当然这也是给自己一个机会。"

　　"你要好好考虑清楚,不要一时冲动做决定。"

　　文晨心想看来招英和宋民佑之间,需要她推一把才行,特别是宋民佑那边,不挑明了直接跟他说,让他自己悟的话恐怕这辈子都没有希望了。

　　招英看了下时间,说:"不说了,我先去洗澡了,洗完澡我还有听众来信要看呢。"

　　她拿了换洗的衣物进了浴室,浴室很快传出哗啦哗啦的水流声。

除了招英自己，谁也不知道她在浴室里想了些什么或者她根本什么都没想。

文晨一晚上都没有睡好，她闭上眼睛脑海中就浮现出唐家莉的身影。

她想到两个人在大学时一起度过的欢乐时光，那个时候唐家莉失恋了，凌晨开着车带文晨去兜风散心。唐家莉把车开到山脚，两个人喘着粗气爬到山顶，在山顶对着夜幕下的霓虹喊话，她记得莉莉当时喊的就是："爱情不过是过眼云烟，友情才是长长久久。"

现在想来，真是有点儿讽刺啊。

第二天，"小溪"画室正式结课了。小家伙们和文晨相处了这么久，在最后一节课表现得特别不舍，韩朗星甚至都红了眼眶。文晨轻声安慰这些小不点儿，只是课程结束了，以后还可以常常过来玩。

有人问她："那文老师你还开课吗？"

文晨只说可能暂时不会开课了。

家长们陆陆续续把孩子们都接回去以后，只剩下了韩朗星一个人。

文晨问他："今天，你家司机还没有来接你？"

韩朗星带了些小得意："今天我哥哥来接我啊。"

"你哥哥来接你？"

说曹操，曹操就到。她才提起韩季星，韩季星就已经到了"小溪"。

"怎么没有'欢迎光临'的声音了？"

"门铃没有电了。"

"看你这表情，觉得见到我很意外吗？"

"有点儿，你没有跟我说你会过来啊。"

"我都快一个星期没有见你了，今天还是我弟弟结课，当然得亲自过来。"韩季星随手把一个礼品袋送给文晨，"送你的。"

文晨接过礼品袋："为什么要送我礼物？"

"庆祝你结课啊！"

韩朗星抱怨道："那为什么我没有？"

韩季星轻拍了下弟弟的头："找你妈要去，你妈最近谈了笔大合同，你回去赶紧找她要礼物。"说完这个又对文晨说，"我也要礼物，早就说好了的那幅画。"

该来的总是会来的，答应别人的东西总是要给的。只是这次不是文晨不愿意交出那幅画，而是那幅画已经被毁了。

韩季星看见文晨面露难色，问道："怎么了？"

文晨把他拉到一旁，很明显是有话要对他说。韩朗星见状要跟过来，被韩季星一个眼神给瞪了回去。

"有什么事情吗？"

"莉莉前些天来找过我，因为之前你一直忙，便没有告诉你。"

韩季星听到文晨这么说,立刻就懂了文晨的话外之音,以他对唐家莉的了解,她绝对不仅仅是来找过文晨那么简单。

"她说了些什么,做了些什么?"

"莉莉,知道了我和你的事情,所以那天她很生气,做了些不理智的事情。不过没什么大不了的,只是莉莉跟我说,你们两个并没有取消婚约。"

文晨虽然没有明说,但是韩季星也明白那幅画应该是被唐家莉给毁了。他不知道唐家莉那天在"小溪"做了些什么,但是他今天一进"小溪"就感觉和以前不太一样,边侧有很多东西都不见了,看来应该也是唐家莉造成的了。

他摸了摸鼻梁:"关于婚约的事情……"

"你对我说谎了对不对?"

韩季星吸了一口气:"我不否认我对你说了假话,我有试着跟唐家莉好好处理这个问题,两个人和平地解除婚约,但唐家莉不同意,是我没有做到向你承诺的。事后,我觉得像我和唐家莉那样没有感情基础的商业联姻,其实,只要有一个人不同意,它也就是不复存在了。所以我去你家找你时,对你说我和唐家莉取消婚约了。"

韩季星面容上一片平静,心中却已经发了慌。

他感到害怕,害怕文晨又像上次那样决绝地把他推开,沉浸于爱情中的人总是容易患得患失,特别是得到了自己所爱后,就更害怕失去。

那天，他被唐家莉欺骗了后，他想了一个晚上，他是真的觉得或许是他和文晨想太多，又或许是文晨身上的道德枷锁太重。在商界，商业联姻因为单方毁约被取消的数不胜数，却不见得有多少人受到指责或者批判。

他是这么想，可是文晨却并不是这么想的。

文晨如之前那样恬淡："我没有要指责你的意思，虽然我的内心依旧对她有些愧疚，却也舍不得推开你了。我也不是圣人，只是我觉得你还是要和莉莉再好好谈谈，毕竟莉莉是没有错的，错的是我们两个。"

韩季星放下心来，笑意渐渐浮上面容，他抱住了文晨，用如释重负的语气说："谢谢你，文晨。"

在旁边百无聊赖的韩朗星，看到哥哥和文晨相拥，睁大了双眼，露出一脸不敢相信的表情。随即他重重地咳了几声，跳下凳子把两个人分开："松开，松开。"

被拉开的文晨有些不好意思，但是她还没反应过来，自己就被韩朗星一把抱住了。

韩朗星还以一种略带挑衅的姿态看着韩季星，这让文晨有些哭笑不得，韩季星也说了一句"臭小子"。

"对了，你明天愿意跟我去参加一场酒会吗？以我的女伴的身份出席。"

明天的酒会？文晨立即想到了招英跟她说的，那不就是招英也有可能去的酒会吗？看来追求招英的那个人跟韩季星是一个圈子的。但是她想想一个圈子的酒会，唐家莉也有可能会出现，就觉得有些尴尬了。

"还是不去了，我不太适合那种场合吧，会浑身不自在的，你还是另外邀请美女吧。"

文晨的回答在韩季星的预料之内，他也没有勉强文晨，牵起韩朗星的手说："既然你不去，那我也不去了。我先带着这臭小子回去了，他妈还在家里等着他回去吃饭，我到家了再联系你。"

文晨点点头，目送兄弟俩离开。随后，她想到招英要参加的那个看起来高大上的酒会，就有些替宋民佑着急，怕招英真的就这么动心了。她看看时间，差不多快到她和宋民佑约好的时间了。

文晨赶到两个人约好的咖啡店，在包厢里面，宋民佑早已经等在那儿了。

宋民佑正在低头看单反相机里的照片，听到声音抬起头，文晨已经坐在了他的对面。

他笑着说："难得见你约我。"

文晨点了一杯拿铁之后，没有跟宋民佑多做寒暄，直接开门见山地说:"我今天特地避开招英来找你的,我就是想问问你,你和招英是怎么回事?"

提起招英,宋民佑颇有些无奈:"她不理我啊,我也没有办法,我主动发短信跟她道歉也没有用。"

文晨抿了一口咖啡:"招英她不是在生你的气,她喜欢你。"

宋民佑默然,但是没有很震惊。

他和招英认识那么久,对于招英,在很久以前他不是没有过瞬间的心动。可是那个时候招英有男朋友,那份心动也就不了了之了,做朋友往往比当情人时间更长久,他是这样想的。

所以被文晨拒绝以后,他虽失落,但是也能重新退回好友的位置。

现在文晨这么开门见山地对他说,招英喜欢他,他该怎么回答呢?他从来没有想过招英喜欢他。

文晨继续说:"我不是想让你立刻给我一个答复或者决定,我只是想告诉你而已。招英死活都不肯说,我只好瞒着她,偷偷告诉你了。最近有人在追她,现在她有点儿动摇了,我不想眼睁睁地看着你们错过。"

沉默已久的宋民佑喝了一口咖啡说:"谢谢你告诉我这个,之前我不知道。"

"她对你那么好,你没有感觉出来吗?"

宋民佑的语气极其不自然:"我们认识那么多年,一直都是好朋友。"

"所以今天我才告诉你啊，就是想让你换个角度去看看招英。"

"我会试试的。"

话说到这儿，也不必再多说什么了，感情的事就如人饮水，冷暖自知，旁人说得再多，也是无益。

"好了，咖啡也喝完了，我要说的也已经说完了，该回去了。还有千万不要告诉招英我跟你说了，我怕她会咬死我。"文晨做了一个鬼脸，准备起身走人。

"我开车送你吧。"

"不用，我怕招英看到。"文晨朝他眨了下右眼。

文晨打车回到家时，招英已经回来了。此时，她正在看肥皂剧，她望了一眼文晨随口问道："怎么这么晚回来？"

"店里有点儿事，就回来晚了。"文晨坐到招英身边，也看着电视里的肥皂剧。这部剧两个人已经看了很久了，迟迟不见大结局，电视剧里的爱恨情仇远比她们的生活来得精彩。

"对了，晨晨，我拒绝了那个人的酒会邀请。"

"哦。"

文晨虽然只回了一个字，可是天晓得她内心是有多欣喜。

虽然说感情的事，旁人不便掺和，但是关键时候还是需要有人助攻一手的。

第二十章

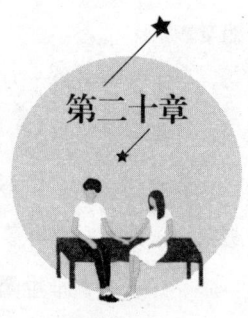

最漫长的黑夜

自从上次酒吧事件闹得不欢而散以后,韩季星已经很久没有跟唐家莉说过话了。

这次他听了文晨的话,下了决心再好好跟唐家莉谈一谈,所以主动约了唐家莉。而让他意外的是唐家莉非常爽快地答应了他的邀约,并主动定好了时间和地点,就好像什么都没有发生一样。

他提早开车到了约好的地点,唐家莉还没有到。他把香烟盒掏出来,发现里面空空如也,便走去附近商店买烟。

这家商店对面是一个拐角,是很有名的"死亡拐角"。这个拐角视角不开阔,从尽头开过来的车子根本就看不到过路的行人,因此一年之中这儿总会发生几起或大或小的交通事故。在拐角的墙壁上粘贴的黄色大字报特别显眼，上面写着："注意过往车辆！"

买完烟出来的韩季星，拉长视线注视着那个拐角，站在商店门口抽着烟。在香烟燃到一半的时候，唐家莉进入了他的视线，她除了头发长长了些，并没有什么变化。很快，他的手机铃声便响了，屏幕上显示的正是唐家莉的名字。

他接听了电话，电话那头的人问他现在在哪儿，他还没来得及回答，意想不到的事情就发生了。

一辆银色的小型面包车从拐角处快速行驶过来，车子停在唐家莉的身边，从车子上下来两个壮汉，在唐家莉还没有反应过来的一瞬，就把她掳上了车。唐家莉甚至还来不及呼喊求救，面包车就疾驰而去，只留下一管灰黑色的汽车尾气。

唐家莉被掳上车的时候，她周边没有一个人。在她之后，路过那个拐角的人，神色也很正常，根本不知道发生了什么。

但是，站在对面抽烟的韩季星目睹了全过程，他耳边的手机里传来无尽的忙音。

他迅速反应过来发生了什么，立即把手机收起来，也顾不上公民礼仪，把还没有燃尽的香烟扔在地上。自己的车是来不及去开了，他迅速地拦了一辆出租车，对司机师傅说跟着前面那辆银色的面包车。

出租车一路紧跟着那辆面包车，行驶的路也越来越偏僻，越来越狭窄。在一个转弯后，面包车消失在视线中，他让司机师傅围着附近绕了很多圈子以后，终于找到了停在路边、已经人去车空的面包车。

唐家莉已经不知道被带到哪里去了。

这附近是还没有开发的郊区，遍地都是黄色的泥地，四周杂草丛生，荒无人烟。他觉得唐家莉肯定就在附近，于是他沿着小路往更深处走去。果不其然，他发现了一幢废弃的房屋，隔着不远就能听到从里面传来的人声。

他拿出手机报警，然而事不凑巧。昨天晚上他忘记给手机充电，在接唐家莉电话的时候，手机便已经没有多少电了。

他用仅剩百分之三电的手机拨打了110，话还没有跟警察说完，手机就自动关机了。他都不知道那个接电话的女警到底有没有听明白。

他小心翼翼地靠近那幢旧房屋，尽量不弄出声响。他在屋外找到了一个隐蔽的角落躲藏起来，堆起来的木板可以稍微遮挡住他的身形。

这个角落虽无法看见屋内的任何一处，但屋内人的说话声却清晰可闻。他弓身在那个小角落里，坐在满是泥土的地上，背靠墙壁，连呼吸也变得小心翼翼。

"老三，你打电话给她老爸没？"

"老大,刚刚打了,我说我们要三百万现金,钱到手了我们就放人。"

那位被称作老大的人重重地甩了老三一巴掌,韩季星听到了老三的一声惨叫。

"我说你是不是蠢,三百万叫我们四个人怎么分?这个女人的老子那么有钱,你他妈就要三百万。"

"我错了,我错了,老大到时候等她老爸提钱过来了,我们再加钱也成。"

"老三,那你有没有跟她老爸说,不许报警,如果他敢报警的话,我们就撕票。"说话的是另外一个人。

"当然有说啊,老二,这点我还是没有忘记的。"

被称作老二的人往地上啐了一口:"妈的,为了绑这个女人,我跟踪了多久,今天总算是找着机会把她逮着了,累死老子我了。"

老大说:"是啊,还是我们老二最辛苦,多劳多得,这次拿到钱了从老三那里多分几十万给你。"

老三虽然心不甘情不愿,却不敢违抗老大,只得点头哈腰地说:"是啊是啊,老二辛苦了,没有他我们根本绑不到这个女人。"

而此时此刻的唐家莉,双手被人反绑在椅背上,双脚也被绑住了,嘴巴被人用黄色的胶带封住,更可怕的是她的双眼也被人用黑布蒙住了。

唐家莉眼前漆黑一片,看不到一丝光线。她不停地在椅子上挣扎,想大声呼喊,然而这些举动都是徒劳。

老大说:"小丫头,我劝你最好不要白费力气了,就老老实实地坐在这里等你老爸拿钱来赎你。你老爸那么多钱,区区几百万对他来说算得了什么,不过是一餐饭中的一粒米而已。你老爸越快交钱,你就越少受这种罪。"

唐家莉充耳不闻,只是一个劲地在挣扎,她试图把绑着自己手的麻绳给挣脱掉,绑着的脚凭空乱蹬,踢中了她面前的一张桌子。桌子上的啤酒瓶倒地,发出清脆的碎裂声音。

老二是个火暴脾气,他冲过去就给了唐家莉一巴掌:"老子叫你安分点儿,听见没有?"

唐家莉被突如其来的一巴掌给打得眼冒金星,她何时受过这种委屈,生怕绑她的人再动手,不敢再试图挣扎了。

她还那么年轻,才活了二十几年,生命不会就此终结了吧。

唐家莉心里的恐惧感越来越强烈,她现在想要自救也没有自救的本事,只能在心里祈祷自己爸爸赶快找到她,赶紧有人出现来救她。

老三扶起被踢倒的桌子,说:"老二,不要生气,现在等着也是白等,我们来打扑克消磨消磨时间。我看啊,她老爸最慢明天,肯定会乖乖提钱过来给咱。"

老大、老二认为老三说得没错,两个人坐下来连同老三一起玩起了扑克，三个人就这么玩了一个下午的扑克。

　　他们时不时地爆粗口，而韩季星听着他们打扑克的声音在屋外躲藏了一个下午。

　　天色渐渐暗了下来，老大放下手中的扑克牌，说道："不打了，老子手气太背了，外头的钱还没有拿到手，手头的钱差点儿全输给老三了。"

　　老三说："老大，我今天是运气好点儿，之前不都是我一直输嘛，风水轮流转，今天到我家嘛。"

　　老大说："走，老二，我们吃饭去，老三你就留在这里看着她，还有注意外面有没有什么人靠近这里，我们给你带饭回来。"

　　老二说："老三，你可要好好看着，千万不要偷懒睡觉。"

　　在走之前，老大又补了一句："你小子可千万别起什么色心，我警告你，这可是咱们的钱袋子，你可别动手动脚坏了咱们的大事。"

　　"老大放心，我肯定不会的。"

　　在确定老大和老二走远以后，老三骂骂咧咧起来："我呸，老子累死累活地帮你们做事，你们还要分我的辛苦钱。去外面吃饭也不带上我，看人这种辛苦活就交给我做了？保不准去哪里寻欢作乐了，等着你们带饭，那我就等着饿死吧。不带我去就算了，这女人绑在这里又跑不了，我累了一天怎么就不能睡觉了？"

老三一边说着一边在屋子的木板床上躺下,没过多久,就睡熟了。

屋内一时之间,鸦雀无声。

而在屋外躲着的韩季星,透过缝隙看着老大和老二离开,又听到屋子里渐渐安静下来后,终于从躲藏已久的角落里钻了出来。

此时,天色已经暗沉,暮色开始接管天地。

韩季星尽量让自己的呼吸变得轻浅,控制自己的脚步声,他走进了破败的水泥屋子里,眼前看到的景象跟他在外面想象的差不多。

屋内杂乱不堪,有一个男人躺在木板床上睡得正沉,正是老三。而唐家莉被绑在一张木凳上,嘴巴上贴着黄色的胶带,头发凌乱,脸色苍白,不知道在想些什么。

韩季星悄悄走近唐家莉,唐家莉却丝毫没有察觉。

韩季星揭开唐家莉脸上的黑布,轻拍了下唐家莉的肩膀。被绑着的女人动了动,睁开眼睛看见是他,眼里立刻充满了惊讶,还混杂着些欣喜。他把贴在唐家莉嘴巴上的胶带扯开,并做了一个嘘声的动作示意她不要出声。

唐家莉点点头,随后他又把绑着她的绳子给解开了。

唐家莉彻底摆脱了束缚,颤抖着问:"你怎么会在这里?"

韩季星放低声音:"先离开这里再说。"

他拉着唐家莉要走,两个人还没有走几步,熟睡中的老三却听到了动静。

"老三,他醒了!"

醒来的老三看见一个陌生男人正打算带着他们辛辛苦苦绑来的女人要走,本来还有点儿迷糊的他瞬间就清醒过来。他赶紧翻身下床,大吼:"站住!"然后抄起一根木棍去追两人。

"你先走!"韩季星让惊慌失措的唐家莉跑在前面。

"那你呢?"

"一个小喽啰我还是对付得了的,你跑快点儿,跑得越远越好,跑到有人烟的地方就找人借电话报警。至于我,你就别管了,先管好你自己吧。"韩季星交代好唐家莉以后,自己折回去,拦住了在身后追赶他们的老三。

他挡在老三前面,没有半分的害怕,身上散发出的凌厉之气倒是让老三打了个寒战。

老三知道眼前这个人,肯定不好对付,但是那女人跑了,也就意味着钱飞了。

想到钱,老三的眼里就露出了狠厉之色。

他啐了一口"找死",然后,手持木棍向韩季星袭去,木棍穿过空气,摩擦出一阵阵呼呼的风声。

韩季星借着月光,躲避着老三挥舞过来的棍子,他的反应与身手还算不错,凭着早些年在国外拳击俱乐部学到的一招半式竟也不落下风。他甚至一点儿都不担心自己,只是担忧唐家莉能不能顺利逃走。

可有时候，人越是担心什么，就越是会发生什么。

唐家莉被那两人扔到他的面前时，韩季星有些绝望了。

她不是跑远了吗？怎么又出现在这里了？不过很快，他便明白了，他面前站着的人从一个人变成了三个人，老大和老二都赶到了这里。

老二说："老三，你怎么这么废物，让你看个人都看不住，还差点让这个女人跑了。还好我和老大回来时，正好发现了她。"

老三回答说："都怪这个小子，差点儿断了我们的财路，小爷我今天要废了他。"

唐家莉的脸上有明显的红印，显然是抓回来时被人打的。

几分钟之前，她听从韩季星的话往有人烟的地方跑，却万万没有想到竟然和去吃晚餐的老大、老二撞了个正着。她挣扎着想跑，却被人轻而易举地给抓住了。老二也不是一个怜香惜玉的人，抓住唐家莉后，上去就是一巴掌，把唐家莉扇得眼冒金星。

唐家莉重重地咳了几声："我在路上遇到了他们。"

韩季星苦笑了一下："看来你运气不怎么样。"

不知何时，老大和老二手里也多了根粗粗的木棍。老二冷笑着看着面前的韩季星和唐家莉，狰狞地说："找死。"

话音刚落，拿着木棍的三个人立刻就朝韩季星袭去。纵使韩季星反应再迅速,身手再敏捷,终归双拳难敌六手,很快韩季星的背部就被木棍打中了好几下。

疼痛让他闷哼出声,接着不知谁又一棍子打在他的头部,让他脑中瞬间一片空白,手下动作一顿,随后腿部就被击中了。他被打得屈膝半跪,鲜血从头部汩汩涌出沿着侧脸流下。可即使是这样,他还是把唐家莉护着。

他的鲜血滴在了唐家莉的脸上,和唐家莉脸上的泪水、泥污混杂在一起。曾经光鲜靓丽的大小姐现在变得狼狈不堪,她的泪眼越过韩季星的肩膀看见老二正红着眼拿着一根木棍向他们两个人走来。

她嘶吼着对韩季星说走,使出全身力气去推开保护她的韩季星,却还是被韩季星死死地护在怀里。她眼睁睁地看着老二手里的木棍一下又一下地抽在韩季星的背上,绝望像汹涌的洪水,席卷着两个人。

就在韩季星撑不住快要倒地的时候,他想到的是那三个人抓唐家莉是为了要钱,唐家莉应该不会有什么大危险的。他放下心来,大脑渐渐变得空白麻木,却还是能听见唐家莉在他身边哭喊的声音,还有老大在他背后恶狠狠地说:"臭小子,这是你自找的。"

他终于摔倒在地,慢慢地闭上了眼睛。在一片黑暗中,他好像看到了他心中那位女孩儿微笑的面容。

文晨,文晨,你现在又在做什么呢?

我还能不能活着再和你见面。

第二十一章

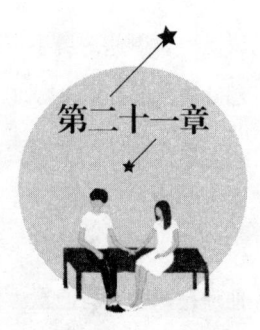

很喜欢你，仅此而已

"晨间新闻收到的最新消息，昨晚，S市公安干警在郊区抓获了三名涉嫌绑架的犯罪嫌疑人。公安仅用一天时间就破获了这起绑架案，并成功解救了两名受害者……"

文晨瞄了一眼电视，看见新闻上以韩先生和唐小姐代称两位受害者，心里出现一丝异样。

"怎么可能呢？"文晨觉得是自己乱七八糟想得太多，不敢再做多想。

她在出门前又试着给韩季星拨了一个电话，依然无法接通。

从昨天下午一直到今天早上，文晨打了很多个电话给韩季星，一直无法接通。也是因为这个原因，文晨对今早那个绑架案新闻有些敏感。

文晨的眼皮一直跳个不停,她总有些隐隐担忧韩季星。

到了下午,文晨像往常一样守在"小溪",却意外地接到了招英打来的电话,在电话里,招英告诉她韩季星出事了。

文晨问:"你说什么?韩季星怎么了?"

招英说:"我在电台里听人说的,唐家莉昨天被人绑架了,韩季星去救她,还好警察及时赶到救了两个人。不过两个人都受了伤,这事还上了新闻呢。"

韩季星受伤了?!

文晨心里一震,原来今天早上看到的新闻里说的韩先生和唐小姐,真的就是自己心里想的那两个人。

文晨赶紧问:"他伤得严重吗?"

招英回答"这我就不知道了,我只听说他现在在本市人民医院。"

文晨问:"他的病房号呢?"

招英说:"这我也不知道,我给你祝柏扬的电话,你问问他,他可能知道。"

文晨好不容易打通了祝柏扬的电话,电话里祝柏扬告诉了文晨韩季星的病房号,并宽慰她,韩季星没有生命危险,叫她不要担心。

尽管祝柏扬安慰过她,文晨心中还是不安,他到底受了多严重的伤?

文晨强压住自己心中的不安感，她赶紧关上店门，赶去医院看望韩季星。她刚赶到病房走廊，走廊上值班的小护士就拦住她，问她找谁。

她告诉护士她来找韩季星，护士用狐疑的眼神看着她，反复打量了她一会儿后，才让她往病房那边走。

文晨绕过小护士才发现原来整条走廊两旁的病房，只有韩季星住的那一间病房在使用。

她到了病房门口，听到里面有唐家莉和冯青娅的声音，有些踌躇不知道是不是该进去。但思考再三后，文晨还是敲门而进了。

她看到躺在病床上的韩季星。他眼睛紧闭着，脸上也有瘀青，额头和肩膀上还包扎着厚厚的纱布。文晨看见躺在床上的他一点儿反应都没有，突然觉得很害怕，不是说没有生命危险吗？

伤得这么严重怎么可能会没事？！

文晨的眼泪唰的一下就从眼眶中涌了出来。

站在病床边的冯青娅看着戳在门口、默默流泪的文晨，叹了一口气："你过来吧。"

文晨闻言走近："他……他还好吗？"

冯青娅盯着病床上的韩季星："他头部受了重创，不过经过医生抢救，已经没有生命危险了。你不用太担心，他打了麻醉，所以现在还在昏睡当中。"

文晨点点头。

冯青娅说："他在昏迷的时候，一直在喊着你的名字，我还在想要不要把你叫过来。既然你来了，就陪陪他吧。麻醉药效就要过去了，他很快就会醒来。"

"谢谢您，阿姨。"

"那我就先回公司了，晚点儿再过来。"

冯青娅又看了看一直守着韩季星的唐家莉，唐家莉也受了点儿轻伤，只是到医院后她就一直守着韩季星，伤口只经过了简单的处理。

唐家莉一夜没有合眼，冯青娅本想让唐家莉去休息休息，最终还是什么都没有说，默默离开了。

病房里，只剩下文晨和唐家莉守在昏睡的韩季星身边。

文晨见唐家莉的神色不好，嘴角还有些瘀青，眼睛里全是血丝，担心地说："莉莉，你要不要去隔壁休息一下，等韩季星醒了我再通知你？"

可话刚说出口，文晨就后悔了。

莉莉会不会误以为自己是故意要支开她？

想到这儿，文晨赶紧解释："莉莉，我的意思是……"

唐家莉却打断了文晨的解释："我先走了。"

"莉莉，你……"

唐家莉的声音有些沙哑："他救了我，等他醒来了替我谢谢他。"

文晨拉住要走的唐家莉说:"莉莉,我没有要赶你走的意思,只是我看你脸色很不好,又受过惊吓,想让你去休息一下。如果你不想看到我,我可以走的,我只是担心他,才想过来看看他。"

"嗯。"唐家莉勉强地笑了笑,"他醒来最想看见的应该是你,而我就像你说的那样,确实需要好好休息一会儿。等他醒了,我再来看他。"

韩季星睡了一个下午才睁开眼,期间冯青娅又来了一次,带来了家中阿姨煲的汤,还把放了学的韩朗星也带过来了。

小家伙之前不知道发生了什么事,现在一看见自己哥哥的模样就红了眼,眼泪吧嗒吧嗒地就往下掉,喊了几声"哥哥"。冯青娅让他不要出声吵醒韩季星,小家伙就赶紧用手捂住了嘴巴。

韩朗星在病房里坐了半个小时后,便被冯青娅强行带走了。

他走之前再三对文晨说,哥哥醒了一定要告诉他。可韩季星睁开眼时,文晨却迷迷糊糊地睡着了。

文晨睡得不沉,迷迷糊糊地感觉到有些动静,她睁开眼恰好和韩季星四目相对,两个人就这么互相望着。几秒过后,文晨终于反应过来,倾身用力抱住了他。

文晨哽咽着说:"你终于醒了。"

韩季星拍拍文晨的头,他感觉到有泪水沾湿了自己的病号服,柔声说:"对不起啊,让你担心了。"

文晨撑起身体泪眼婆娑地看着他:"你和莉莉发生了什么?她怎么会被绑架?"她转头看到了冯青娅送来的汤,又改口说,"算了,先别说了,你现在肯定很饿,先喝点儿汤吧。汤是冯阿姨送过来的,韩朗星也来看过你了。"

银色的保温盖打开,浓郁的骨香味便散发出来,保温盒的质量很好,汤到现在还冒着阵阵热气。

文晨用瓷勺舀出一勺勺浓汤吹凉了送到韩季星的嘴里,韩季星微笑道:"几十个小时之前,我还在生死边缘,还在想能不能再见你一面,没想到现在就躺在这里,乖乖地等着你喂汤给我喝,现在这种感觉真好。"

"你还有心思说笑,你和莉莉发生了什么?为什么会被人绑架?"

"你吃醋了?"

文晨知道韩季星是故意逗她,可她还是急了,皱着眉说"我没有,我只是想知道事情为什么会变成这样。"

韩季星咽下最后一勺骨汤,开口缓缓地说:"我本来是约了莉莉谈谈我们之间婚约的事,没想到意外看见莉莉被人绑架的场景……"

韩季星把整件事从头到尾,长话短说地告诉了文晨。

文晨听完以后倒吸了一口凉气,她看着韩季星现在伤痕累累的样子,更觉得后怕。

还好警察及时赶到了,如果警察没有赶到,她不敢想象会有怎样的后果。

韩季星开玩笑地问:"有没有觉得我的行为挺帅的?"

文晨说:"没有,一点儿都没有,你为什么不等警察过来?"

"我当时很担心莉莉,所以冲动了些。"韩季星拉起文晨的手在唇边吻了一下,"你知道吗?最后我意识模糊的时候,好像看到了你,看见你就站在不远处对着我笑,我好想拉住你,可是怎么都没有力气伸手。我好像总是出现这样的幻觉,就像刚才一睁眼,我看见你在我身边,我甚至呆了几秒,有点儿不敢相信。"

文晨低下头吻了吻韩季星的嘴角,说:"我会一直陪着你的,我保证。"

韩季星闻言笑了笑,眼中满是温情。

"现在的我是不是很难看,今天上午我醒来的时候,看见了祝柏扬,他嘲笑了我。"韩季星指了指头,他的头被一圈圈的纱布缠着,和之前的他相比确实难看许多。

文晨逗他:"有一点点难看,不过我不嫌弃。"

韩季星笑了起来:"你嫌弃也没有用,就算我毁容了你也不能不要我。"

"你没醒过来之前,我满脑子都在想,会不会出现电视剧里那样的情节,男主角被人重创了头部,然后就失忆了。"

"那我要是真的失忆了,把你忘了怎么办?"

"我会努力让你想起来的。"

韩季星看着文晨的眼睛:"我怎么会忘记你呢,我最后想起的都还是你。"

当晚,文晨在病房里陪着韩季星。她躺在旁边的病床上,而韩季星已经服下药,很快就睡着了。

文晨看着熟睡的韩季星,将他脸上的每一处线条都看在眼里,记在心里。

眼前这个男人,她这辈子恐怕是离不开他了。

在韩季星住院的这段日子里,有很多人陆陆续续地来看他,警察也来确认了一次案情。而文晨一直都陪在他身边,此时的她没有心思开店了,干脆就贴了张公告在店门口:店主有事,暂时休店。

对此冯青娅十分感谢文晨。没有了韩季星的帮忙,冯青娅要处理的事情更多了。她还要照顾韩朗星,所以每天只能在百忙之中抽出一点点时间来看看韩季星。

祝柏扬是韩季星一票朋友中来得最勤的一个,几乎隔一天就来一次,引得走廊上的一众小护士花痴不已。每次祝柏扬来探病,护士查房的时间间隔就会变得很短,甚至不是负责这片区域的护士也来查房。

祝柏扬在这群护士间混得风生水起,一口一个护士妹妹,把护士们哄得娇羞不已。

文晨和韩季星不动声色地把这些看在眼里,笑而不语。

韩季星醒来后,唯一没来看望过他的人就是唐家莉。

直到两个星期后,韩季星头部的重伤已经好了大半,唐家莉才出现在病房门口。

两人再一次看见唐家莉时,她已经恢复成了原来那个光鲜亮丽的唐家莉,让人根本看不出两个星期前,她曾经历过那么恐怖的事情。但两人可以感觉到唐家莉和以前又有些不一样了,更成熟、更稳重了。

文晨看见唐家莉,知道她有话对韩季星说,便找了个借口出去了。

病房里只留下了韩季星和唐家莉两个人。

韩季星疑惑地看着欲言又止的唐家莉。

唐家莉踌躇了好一阵,才说:"我本来是想等你醒了,就马上过来看你的,但是我又觉得你和文晨可能不太愿意见到我,所以一直没有过来。这两个星期我在家里想了很久,也和我爸爸商量过了,我这次过来就是想郑重地告诉你,我要取消我们的婚约。"

她鞠了一躬,继续说:"谢谢你,我是真的真的很感谢你救了我。我想了很多法子怎么来报答你,最后才想明白或许你最需要的就是我刚才说的那句话了。虽然我曾经骗过你，但是这次我保证我是认真的，我会以唐氏的名义，登报宣布我们的婚约正式取消。"

韩季星一愣，随即坐起来认真地说："对不起。"

唐家莉摇摇头："你从来没有对不起我，根本用不着跟我说对不起。你只是不喜欢我不想娶我，从头到尾都只是我一厢情愿而已。如果不是因为我，你也不会受那么严重的伤。"

"如果我没有约你，你就不会被绑架。"

"他们早就已经盯上我了，绑架只是迟早的事。"

"……不管怎么说，莉莉，我要谢谢你。"

"谢？谢我什么？"

"谢谢你在我是你未婚夫期间，没有太为难我。"

韩季星说完这句话，两个人都笑了。

唐家莉说："你眼光还不错，我一直都觉得文晨是个好姑娘，你要好好对她。"

"我保证，我会的。"

最后，唐家莉拥抱了一下韩季星，在他耳边说："韩季星，其实我真的很喜欢你，我好舍不得放开你，可是我知道有时候放手成全也是一种爱……我很喜欢你，仅此而已。"

韩季星只是默默听着，什么都没有说。

从病房出来的唐家莉下楼后，在住院部的草坪上找到了文晨。

此时，文晨正坐在长椅上闭着眼睛晒太阳，暖阳把她的身体照得暖烘烘的，让她觉得有一股暖流流遍全身。

唐家莉在文晨身边坐下来，问："很舒服吗？"

文晨没有睁开眼："最近都是阴沉沉的天气，很难得见到这么舒服的太阳，待会儿让韩季星也下来晒晒太阳吧。你们……怎么这么快就聊完了？"

"是呀，把该说的说完了，我就可以走了，总不能让你一直待在外面吧。"

"在外面晒太阳挺舒服的。"

"晨晨，对不起。"

"你为什么要说对不起？"

"那一天在'小溪'，是我气昏了头，对不起。"

"我从来没有在意那件事情，你不说我都快忘了。"

"那我们还是好姐妹吗？"

"一直都是。"

就像文晨那样，唐家莉也觉得有一股暖流从心底流遍了她的全身。

她和韩季星被救的那天晚上，她一直在急救室外等着韩季星。

她在心里默默地发誓，如果韩季星平安，那么她就放手。因为韩季星在昏迷的时候，一直喊着文晨的名字。

这让她想明白了，也看清楚了。他们的感情已经那么深，完全没有给她留有任何机会了。

她知道即使没有文晨，韩季星也不会喜欢上她，所以，能看到韩季星那么奋不顾身地救自己，她就已经很满足了。

她喜欢韩季星，非常喜欢韩季星，所以一开始不愿意放手，甚至是冲昏了头脑，去羞辱自己的好朋友，可是再怎么喜欢也只能放手了。

感激也好，死心也罢，都要放手了。

文晨送走唐家莉后，回到病房。

病房里的韩季星正在盯着输液瓶，他听见文晨开门的声音，伸手招呼文晨坐过来。

文晨靠在他的怀里，感受着他心跳的起伏。

韩季星问："你干什么去了？"

"晒太阳，顺便问了问医生你的病情怎么样？"

"那我的病情怎么样？"

"医生说，你恢复得很好，叫我不要担心你有失忆的风险。"

他轻笑："那就好，这些天我一直担心我睡一觉起来就不认识你了。"然后又问，"你不问问唐家莉跟我说了些什么吗？"

"不想问，我只希望你快点好。"

文晨是真的不想知道韩季星和唐家莉说了些什么，但是她能感觉到莉莉开始真心祝福他们两个了。

她很庆幸,她没有失去莉莉这个朋友,也没有失去自己的爱情。

尾声

此生最美的风景

  韩季星没有告诉任何人，自己悄悄地提前一天出了院，而文晨那天正好有事没有在医院。

  第二天清晨，韩季星打电话给文晨说自己就在她家楼下。

  当文晨下楼，真的看到韩季星开着车在楼下等她的时候，她惊呆了。

  她还来不及质问，就被韩季星拉上了副驾驶位。

  文晨有些生气："你怎么提前出院了？经过医生同意了没有？"

  "我的伤早就养好了，昨天和今天不也就只差那么一天嘛。不要生气，我今天有特殊的事情必须要赶过去。"

  "要去哪里啊？"

"你当初不是说,随便我开,我开到哪儿你就跟到哪儿吗?这句话,现在应该还算数吧。"

文晨笑言:"我一向很讲信用的。"

"那就好,你系好安全带,现在还早,你在车里再睡会儿,等到了我就叫你。"

文晨看他一脸神神秘秘的样子,心中虽有疑惑,却也没有继续追问。

如今天才刚亮,文晨确实还有些困意,不一会儿,她就在车中慢慢地睡着了。等到她再睁开眼睛时,已经到了另外一座陌生的城市。

她透过窗户看向外面,问韩季星这是到了哪儿,韩季星只回答说,到了再告诉她。

车子最终停在了一幢别墅门口。

韩季星按了门铃,要进去的时候,才告诉文晨:"我带你来见我妈妈,今天是我妈的生日,我特意带你赶过来吃午饭的。"

文晨又一次惊呆了,韩季星竟然一句招呼都不打,直接把她带过来见他的亲生母亲了。

而且今天还是他母亲的生日,她什么都没有准备啊,这让她如何见长辈?

韩季星看出了文晨的心思,告诉她:"你放心,礼物我也给你准备了一份,我妈妈是一个很随和的人,你不要太紧张。"

文晨深吸了一口气，努力露出一个不太尴尬的微笑，被韩季星牵着进了门。

在见到韩母之前，文晨一直以为韩季星的生母也是一个事业型的女强人，处事坚定、杀伐果决的人。但是当她看见韩母的第一眼，文晨就知道自己完全想错了，韩母身上流露出来的气质跟自己的母亲差不多，是那种很温和、很慈蔼的气质。

韩季星的生母和冯青娅很不一样。

韩母在离开韩父之后，过了很久才嫁给了现任丈夫，也是一位鼎鼎有名的商场高手。两个人没有孩子，只有现任丈夫与前妻生育的一儿一女，但韩母和他们相处得却很融洽。

她见到文晨没有很惊讶，想来应该是韩季星提前跟她打过招呼了。

韩季星和文晨到时，已经快开饭了。

韩季星把准备好的两份礼物送给韩母，说是文晨一个人准备的，韩母开心得连忙对文晨说"小晨，有心了"，这让文晨有些心虚。

饭后，韩母把文晨单独叫到书房聊天。

文晨起身之前，偷瞄了韩季星一眼，韩季星却像个无事之人一样，和弟弟专注于下象棋。

韩母把一个小匣子放到文晨面前，说道："季星之前打电话跟我说，他要带你过来让我看一看，所以这里面的东西是我专门为你准备的，就当是第一次见面，我这个做长辈的给晚辈的一点儿见面礼吧。"

文晨接过匣子，打开一看，里面是一枚翡翠戒指、一个翡翠镯子和一条翡翠项链。

那些翡翠躺在小匣子里，却依旧掩盖不了它们夺目的光彩，绿得玲珑剔透、发光发亮。饶是文晨不懂珠宝，她也能看出来这小匣子里装的翡翠是多么珍贵。

"阿姨，这礼物太贵重了，我不能收。"

"你就收下吧，这还是季星第一次带姑娘和我见面。我看得出他很喜欢你，既然他肯要我过目了，那么他肯定是认定你了，我这给未来儿媳妇的见面礼总不能太简单吧。"韩母把匣子放在文晨的手里，"我在季星十几岁的时候就离开了他，一直没有尽到一个做母亲的责任，也没有好好地照顾他，我希望以后小晨你替我多费费心，照顾照顾他。"

"阿姨，您别这么说，韩季星一直都很爱您，他也没有怨恨过您。"

"我知道他没有怨恨我，可是对于没有在他的成长中一直陪着他这件事，我还是很愧疚的。之前他跟我说他要订婚了，那个女孩儿他并不喜欢，我就害怕他走上我和他父亲的老路。还好现在，他找到了真心喜欢的姑娘，对你的一举一动，他都很在乎。"

"阿姨，季星的确对我很好，还有您放心，我一定会好好照顾他的。"

文晨一说完，她发现韩母的脸上不知何时已经泪痕两行。

韩母抹去泪水："我今天兴许是太高兴了些，看见了很久没有见到的儿子不说，还看见了自己未来的儿媳妇，忍不住喜极而泣了。"

两个人关着房门聊了很久。

直到晚上九点多，文晨和韩季星才向韩母道别。

在回去的路上，韩季星一边开车一边问文晨："今天我妈跟你说了些什么？你们两个聊了那么久。"

"很多啊，说你小时候的事，说你那个时候调皮捣蛋，特别喜欢往别人车的排气管里放沙子，被韩叔叔发现以后，罚写了一百篇道歉信。"

"还有呢？"

"还有你跟人打架，被人家父母找上门来，韩叔叔把你一顿暴揍。"

"还有呢？"

"还有……还有你妈妈给了我这个。"文晨把小匣子从包里掏出来，打开给韩季星看。

韩季星斜着眼睛看了一眼，问："我妈把这些东西给你了。"

"阿姨说这是见面礼，可是我总觉得这个礼物太贵重了，我受不起。"

"她既然给了你,你就好好收着吧,这曾经是她的嫁妆。"

"啊,这么贵重啊,那我更不能收了。我给你,你好好收着吧。"

"这些东西她本就是要留给儿媳妇的,可不就是留给你的。"

听了这话,文晨小声嘟囔了一句哪有,却没有再坚持把东西还给韩季星了。

他们一路上路过很多美好的夜景,还来不及细看,这些景色又消失在了视线里。文晨转头看向身旁专注于开车的韩季星,心中泛起一丝涟漪。

还好,她眼中最美好的景物就在她的身边。

番外一

招英

　　招英第一次见到宋民佑是在图书馆里，那年六月，正值快要期末考试的时候。

　　当时，她去校图书馆借专业考试参考书，从排列整齐的一本本书中，看花了眼才看到自己想要的书籍。

　　图书馆借书的人特别多，招英想要的书不仅只剩下了一本，还被放在书架的最顶层。她伸出手刚想抽出那本书，书就被人给抽走了。她顺着方向，转头就看见了一个高出她不少、相貌清俊的男生。

　　这身高差距，她没有抢赢他，也不奇怪。

　　招英惋惜地离开那排书架，却被身后的男生给叫住了。

　　"这位同学，你等等。"

招英转过身，有些疑惑地看着他。

"你也需要这本书吗？"

招英点点头。

"那这本书给你吧。"

"那你呢？"

"本来就是你先看到的，我只是动作快一点儿把它抽出来了而已，它本来就应该属于你。"

"可是要考试了，你不需要吗？"

男人笑得大方，露出一排洁白整齐的牙齿："我是替我朋友来碰碰运气，看看还有没有剩下的，没被借走的，早就已经做好它们被全部借走的准备了。所以回头我告诉她，书都被借走了就行。"他把书递给招英，潇洒地转身走了，没有带走一片云彩，却带走了招英的目光。

招英抱着书本，感激得不知道该说什么，只好一直说谢谢。

她的确很需要这本书，期末考试能不能过关，全靠这本书了。在这本书被男生抽走的时候，她还暗自在心里叫了声不好，却没想到遇见了一个好人，书最终还是到了她的手里。

从此，她就记住了这位在图书馆里遇见的大好人，这个男生就是宋民佑。只不过那个时候，宋民佑把书递给招英就走了，招英还没来得及问他叫什么名字，是哪个学院的。

招英第二次见到宋民佑是在第二个学期学校承办的一个摄影大赛的颁奖典礼上。

那个摄影大赛很正式，不仅比赛周期长，还请了名气斐然、获奖无数的著名摄影师商舒大师来担任主评委以及最终的颁奖嘉宾。

那时招英是颁奖典礼的四位主持人之一，而宋民佑则是摄影大赛一等奖的获得者。

招英在后台看见宋民佑，一眼就认出了他是上学期在图书馆把书让给自己的那个男生。当时的她不知道哪里来的勇气，想也不想就主动走上去搭讪。

"你好。"

男生看着走上来搭讪的招英，没过几秒就想起来了，他笑说："是你啊。"

招英没有想到男生还记得仅有一面之缘的自己，她笑着点头："是呀，就是我。你还记得我？"

"那天在图书馆偶遇的人。怎么样，你那门考试过了没？"

"过了呀，还多亏了你，让我低分飘过。"

"那可不是我的功劳，是你自己认真复习取得的结果。"他一本正经的话，都让招英有些信以为真了。

"那你呢，你的成绩怎么样？"

他会心一笑:"我运气比较好,这门课拿了全班第三。"

怪不得不需要那本书!人家一个大学霸,哪能和自己这个学渣一样呢!

招英听了心里有些悻悻的,她还想再说些什么,却已经轮到她上台主持了。等她从台上下来,再找那位男生时,他已经不在后台了。

招英向四周张望,然后从后台幕布的缝隙中,看到他和大摄影师商舒正坐在一起,低头聊天。场内的灯光捕捉到男生的脸,让他的五官清晰地映在她的眼里。

在颁奖典礼结束后,评委、获奖者、颁奖嘉宾还有主持人一起上台合照,而招英很巧合地被安排站在了男生的旁边。

在那么多人面前主持全场,从不紧张串词的她,此时,不知道怎么就紧张了起来。

她大口地呼气,尽量让自己看起来更从容一些。然后相机咔嚓一声,留下了两个人的第一张合影。

这时的招英没有想到她和这个男生以后还会有更多的合影,只是那时的她,再也没有出现紧张到必须大口呼气的情况了。

颁奖典礼结束后,招英回到宿舍,她在电脑上一张张地浏览获奖摄影师拍下的照片。在看到那张集体的大合照时,招英多停了几秒,而照片恰巧被从她身后路过的室友冰玉扫了一眼。

冰玉在她背后说:"招英呀,站在你身边的这位帅哥不是晓初的男朋友吗？"

招英听了这句话一怔，要不要这么巧，好不容易在学校遇见一个自己觉得不错的人，结果这个人刚好是自己室友的男朋友？

敷着面膜的晓初闻声也凑过来看照片，在看到那张集体大合照后，指了指商舒又指了指她身边的男生，说："商舒是宋民佑的母亲，我前两天刚知道的。"

听晓初这么说，招英这才知道原来男生叫宋民佑，而且他真是晓初的男朋友。她在心里哀叹自己的不走运，刚刚那点儿心动的感觉也立马消失得一干二净。

从此招英就对宋民佑彻底死了心，没有再抱有一丝幻想。

再后来，晓初和宋民佑分手了。晓初清理好宋民佑送给她的所有东西，用一个大纸箱装着，她拜托招英把这个箱子交给宋民佑，招英耐不住晓初的软磨硬泡，答应了她的请求。

招英再次见到宋民佑时，刚与恋人分手的他没有了往常的阳光自信，反而有些憔悴，头发遮住了额头，盖住了眉毛，嘴角边也有刚冒头的青须。他默默接过招英递过来的箱子一句话也没有说。

招英看到他平静的样子有些担心他，她试探性地问："宋民佑，你……你还好吗？"

他拨了拨额前的头发，露出了眉毛，似乎想找点合适的词语来组织语句，最后，他叹了一口气说："是有些难过，但是应该也没有你想象中的那么难过。"

"晓初说里面装着你送给她、借给她的所有东西，还有你的摄影相册。"

身旁不时有三两个学生路过，他们都侧过头往招英和宋民佑站的地方看了几眼，然后又都冷漠地走过，没有人会在意在路灯下的男女说了些什么。

"晓初，没有其他的话让你转达给我吗？"

"没有，我该转达的全都转达了，我也该走了。"

招英转身回宿舍，却被宋民佑叫住，他拿出张门票说："这是我母亲主办的摄影展的门票，本来是打算给晓初的，现在看来应该是没有机会了。如果你不嫌弃或者你有兴趣就收下吧。"

招英接过那张门票，看了看他说："你连我名字都不知道，就邀请我？"

宋民佑说："我知道你，你叫招英对不对，晓初和我提起过几次。"

原来他也是从旁人口中得知她的名字的，明明这已经是他们第三次见面了。

想到这儿，招英心中莫名有些不爽快，说谎道："这不公平，晓初从没跟我提起过你。"

宋民佑一愣，随即笑了笑说："也是，我从来都没跟你好好自我介绍过。"他向招英伸出手，"我叫宋民佑，跟你同校同届，爱好摄影。"

　　招英看着宋民佑友好的微笑，尴尬之余，微微有些脸红。

　　她握住他的手说："招英，同校同届，没什么特别的爱好。"

　　从那之后，两个人成为很好的朋友，经历了很多的事情。

　　招英又恢复当初那种心动的感觉，只是她从来没有告诉过宋民佑，她从第一次见他，就把他放在心上了。

　　而宋民佑也从来没告诉过招英，他那一晚看穿了她的谎言。毕竟，她来找他时，开口第一句，就叫出了他的名字。

番外二

11号篮球少年

　　祝柏扬结婚了,这在韩季星的朋友圈里可是一个大新闻。自诩万花丛中过,片叶不沾身的祝大少爷竟然在短短两个月内被一个小姑娘给征服了。

　　祝柏扬举行婚礼的那天,韩季星带着文晨盛装出席了那场婚礼。

　　令文晨意外的是,她在婚礼上见到了她曾经的11号篮球少年。自从毕业以后这还是文晨第一次见到他,他是作为女方好友,出席这场婚礼的。这让文晨不得不再次感叹这个世界真是小,人和人之间总可以再次相遇。

　　两个人相见的时候,11号篮球少年很大方地朝文晨打招呼,而相比起来,文晨显得很拘谨。毕竟和自己的现任男友一起偶遇前男友,的确是有些尴尬。

韩季星一眼就把眼前这个男人和文晨用心珍藏的那些画中的面容对比了起来，不过十秒就确定了这个男人的身份。

一个月前，韩季星意外发现了文晨在学生时代的画作，那些画里的人，既像流川枫，却又不像流川枫，而且怎么看都是另外一个男人的脸。在他的逼问下，文晨老老实实地全盘托出学生时代的往事。

文晨也只为他画了一幅画，凭什么那个男人可以有那么多幅？！

作为现任，韩季星很不服气。

他强行没收了文晨的那些画，美其名曰：我替你好好保管。但实际上，他一直盘算着有一天，他一定要把那些无关紧要的画通通毁掉。

现在，他见到真人了。

他见到了自己女朋友的前男友，而自己的女朋友竟然还有些娇羞？这让他有了巨大的危机感。

但是，这种危急时刻，他要表现得很大方，要表现得从容，所以他朝11号篮球少年点头笑笑，寒暄客套了几句，手却不动声色地搂住了旁边的文晨，用行动无声地宣示着"主权"。

文晨现在可是我的，你小子想都别想。

11号篮球少年什么都没有说，打完招呼就走了。

韩季星有些得意，他自认为他让别人感受到了压力，迫使他人直接放弃了旧情复燃的想法。

文晨对他说:"你刚刚可真幼稚。"

他耸了耸肩,表示无所谓的样子:"我乐意。"

"你什么时候脑洞那么大了?"

"我这个叫作防患于未然,把苗头直接掐死。"

"那我上个星期见到你那个模特前女友呢?还有上个月见到你那个酒吧歌手前女友呢?我可是什么都没有说,全程微笑当旁观者。我就这么一个前男友,倒是你,我不知道还要见你多少个前女友,你,唔……"

为了不让文晨继续说下去,韩季星直接吻住了她。

在众目睽睽下接吻,让文晨很不好意思,她满面通红地把脸埋在韩季星的怀里,轻声地说:"你要抢了新郎官的风头了。"

"我一向很喜欢抢祝柏扬的风头。"

"他今天可真帅,没想到祝柏扬也有被人收服的一天。"

"你在我怀里说别的男人很帅,就不怕我会吃醋吗?"

文晨吻了吻韩季星的嘴角:"我觉得你当新郎官的样子会比他更帅。"

"你想不想看我当新郎的样子。"

"想啊。"

"那你打算什么时候嫁给我?"

文晨离开韩季星的怀抱,仰头看着他:"看你的表现吧,我要去找新娘子合影了。"

什么时候嫁给韩季星?

这个问题文晨可从来没有思考过,两个人现在谈恋爱谈得多开心啊!都说婚姻是爱情的坟墓,她这么喜欢她现在这段爱情,怎么可能那么快就葬送呢?

更何况,没有一个浪漫的求婚,她是绝对不会同意嫁给他的。

图书在版编目（CIP）数据

寥若晨星 / 过云雨著. -- 石家庄：花山文艺出版社，2017.1（2020.1重印）
ISBN 978-7-5511-3120-9

Ⅰ. ①寥… Ⅱ. ①过… Ⅲ. ①长篇小说－中国－当代Ⅳ. ①I247.5

中国版本图书馆CIP数据核字(2016)第308860号

书　　名：	寥若晨星
著　　者：	过云雨
策划统筹：	张采鑫
特约编辑：	欧雅婷　雁　痕
责任编辑：	董　舸
责任校对：	齐　欣
封面设计：	刘　艳
内文设计：	米　籽
美术编辑：	许宝坤
出版发行：	花山文艺出版社（邮政编码：050061）
	（河北省石家庄市友谊北大街330号）
销售热线：	0311-88643221/29/35/26
传　　真：	0311-88643225
印　　刷：	三河市华东印刷有限公司
经　　销：	新华书店
开　　本：	880×1230　1/32
印　　张：	9
字　　数：	245千字
版　　次：	2017年2月第1版
	2020年1月第2次印刷
书　　号：	ISBN 978-7-5511-3120-9
定　　价：	39.80元

（版权所有　翻印必究·印装有误　负责调换）